Daniel Defoe

Das Leben und die ganz ungemeinen Begebenheiten des weltberühmten Engelländers Robinson Crusoe

Im Insel-Verlag zu Leipzig
1922

Den Druck des Textes der einmaligen Auflage von achthundert Exemplaren besorgte das Bibliographische Institut in Leipzig; den Druck der Tafeln H. F. Jütte in Leipzig.

Ich wurde geboren Anno 1632 in der Stadt York, von guter Familie, obwohl nicht aus diesem Lande, maßen mein Vater ein Fremder aus dem Stift Bremen, welcher sich erstlich in Hull niedergelassen. Er hatte durch die Kaufmannschaft ein ziemliches Kapital erworben, darauf die Handlung nieder gelegt und sich nach York, als meiner Mutter Geburtsstadt, begeben, deren Freundschaft den Namen Robinson geführet, und wovon ich dann Robinson Kreutzner genannt wurde. Jetzo aber nennen und schreiben durch die gewöhnliche Verketzerung der engelländischen Wörter andere, ja wir selbsten, unsern Namen Crusoe. Weilen man mich zu keiner Handlung angehalten, wurde mein Kopf gar zeitlich mit allerhand ausschweifenden Gedanken angefüllet. Es gefiel mir nichts in der ganzen Welt als das Seeleben. Einstens, als meine Mutter, meinem Dünken nach, freundlicher als sonsten war, nahm ich sie auf die Seite und offenbarete ihr, meine Gedanken seien so darauf erpicht, die Welt zu sehen, daß, wann ich auch zehnerlei Sachen anfinge, ich doch bei keiner standhaft bleiben würde. Ich seie nun achtzehen Jahr alt und also für einen Kaufmannsburschen oder Advokatenjungen schon zu groß. Wann ichs auch täte, würde ich meine Zeit gewiß nicht aushalten, sondern vor Verfließung derselben dem Meister entlaufen und mich aufs Meer begeben. Wollte sie mit meinem Vater darüber reden, daß er mir nur Eine Reise in die Fremde vergönnete (wo ich dann zurückkäme und mirs nicht gefallen), wollte ich nicht mehr hinaus verlangen, sondern das Versäumte mit doppeltem Fleiße wieder einzubringen treulich angeloben.

Meine Mutter geriet darüber in große Unruhe. Sie sagte, sie wisse gar gewiß, daß alles, was sie desfalls an meinen Vater bringen würde, nur vergebliche Mühe. Er seie allzuviel überzeuget, daß mein Vorhaben bloß mein Schade, worein er, um meines eignen Besten willen, unmöglich willigen könnte. Wann ich mich selber ins Elend stürzen wolle, so seie kein Rat für mich; aber ich solle nur versichert sein, daß ich ihrer beiden Einwilligung niemals erhalten werde.

Es dauerte meist ein ganzes Jahr, ehe ich losbrach; und als ich einstens zu Hull war (ohne einigen Vorsatz, damals schon wegzulaufen) und mir einer meiner Kameraden, so auf seines Vaters Schiff nach London wollte, zuredete, mit ihnen zu gehen, fuhr ich zu, ohne meinen Vater und Mutter weiter zu fragen, ja ohne es ihnen einmal zu wissen zu tun. Bekümmerte mich also weder um den göttlichen noch väterlichen Segen, überlegte nicht im geringsten meine Umstände und üble Folgen und begab mich, zu einer unglücklichen Stunde, den 1. September 1651, an Bord eines nach London segelfertig liegenden Schiffes.

Am sechsten Tag unsrer Schiffahrt gelangten wir auf die Reede vor Yarmouth, maßen es wegen konträren Windes und stiller See nur langsam hergegangen. Hier mußten wir ankern, weil uns der Wind entgegen kam, nämlich aus dem Südwesten. Doch wären wir hier nicht so lange geblieben, sondern mit der

Flut allmählich hinauf gerückt, wann der Wind nicht allzu stark gewehet, wie er denn etwa nach dem vierten oder fünften Tag unsers Daseins sehr scharf bliese. Den achten Tag, des Morgens, ward der Wind stärker, und wir hatten alle Mühe, die Stengen zu streichen und alles dicht und feste zu machen, damit das Schiff so gemächlich, als sich nur tun ließe, vorm Anker läge. Um den Mittag schwoll die See sehr hoch auf, unser Schiff bekam vorn Schaden; es schlugen etliche sehr starke Wellen über das ganze Deck, und deuchte uns ein paarmale, als ob der Anker im Grunde wiche. Worauf unser Schiffer sofort den Flichtanker ausbringen ließ, daß wir also vor zwei Ankern voraus lagen, und die Ankertaue wurden auch länger hinaus gelassen.

Es wehete damals würklich ein grausamer Sturm, und ich begunnte nunmehr Angst und Bestürzung in den Gesichtern unserer Seeleute selber gewahr zu werden. Den Schiffer, so wachtsam er auch in seinem Tun, das Schiff zu erhalten, war, hörte ich dennoch, als er neben mir zu seiner Kajüte aus und ein schlupfte, etlichemal ganz leise zu sich selber sagen: „Sei uns gnädig, o Herre Gott! Wir kommen alle um." Als dann der Schiffer selbst zu mir kam und sagte, wir seien alle hin, überfiel mich ein entsetzlicher Schrecken. Ich fuhr aus meiner Hütte und sahe umher. Ach! aber so ein betrübter Anblick ist mir zeitlebens nicht vor Augen gekommen! Das Meer ging bergehoch und warf seine Wellen alle drei oder vier Minuten über unser Schiff her. Als ich recht umher sahe, äußerte sich rund um uns herum nichts als Jammer und Not. Zwei unweit von uns ankernde Schiffe hatten, weil sie zu schwer beladen, ihre Mastbäume kappen und über Bord werfen müssen, und unsere Leute schrien, es seie ein Schiff, so auch etwa eine englische Meile über uns vor Anker gelegen, gesunken. Noch zwei andere Schiffe, so von ihren Ankern abgetrieben, waren aus der Reede auf Glück und Unglück in die offenbare See hinaus gelaufen, und zwar ohne einen einzigen stehenden Mast. Die leichte Schiffe hattens am besten, als die so hart nicht sprungen; doch trieben ihrer zwei oder drei nach uns her und rannten hernach bloß vor ihrer großen Blinde vor dem Wind nahe bei uns vorbei ins weite Meer hinaus.

Gegen Abend bat der Steuer- und Hochbootsmann den Schiffer, daß sie doch den Fockmast abhauen dürften, worzu er aber gar nicht stimmen wollte. Allein, als der Hochbootsmann schwur, daß, wo ers nicht täte, das Schiff sich ein Leck arbeiten und sinken würde, ließ ers geschehen. Doch als sie mit dem vordern Mast fertig, stund der große oder mittlere so los und erschütterte das Schiff so heftig, daß man ihn gleichfalls kappen und über Bord werfen mußte.

Ich geriet in einen solchen Zustand, als ich mit keinen Worten zu beschreiben vermag. Allein das Schlimmste war noch nicht einmal da, sondern der Sturm hielte mit solchem Grimm an, daß die Seeleute selber gestunden, sie hätten nie keinen ärgern ausgestanden. Wir hatten zwar wohl ein gutes Schiff, aber es war schwer beladen und schwankte dermaßen in der See, daß die Matrosen etlichemal schrien, nun werde es sich leck arbeiten. Einesteils wars gut für mich, daß ich nicht wußte, was sie durch „leck arbeiten" verstünden, bis ichs von ihnen ausfragte. Mittlerweile war der Sturm so heftig, daß ich sahe, was man selten siehet: nämlich den Schiffer, den Hochbootsmann und etliche andre, denen es mehr als den übrigen zu Herzen ging, in vollem Gebete auf den Augenblick warten, da das Schiff unter sinken würde. In der Mitte der Nacht und unter aller unsrer übrigen Not schrie ein Matrose, welcher ebendeswegen hinunter gestiegen war, um zuzusehen, überlaut, wir hätten ein Leck bekommen. Ein andrer rief, es seie unten im Raum schon vier Fuß tief Wasser. Sofort wurde jedermann zur Pumpe gerufen.

Allein weil das Wasser im Raum immerzu höher stieg, war augenscheinlich zu vermuten, das Schiff würde sinken. Und ob die See gleich ein wenig schlechter zu werden begonnte, befahl der Schiffer, ein Stück zum Zeichen unsrer Not abzufeuern. Und ein leichtes Schiff, so den Sturm gerade vor uns ausgehalten hatte, wagte es, uns ein Boot zu Hülfe zu senden. Das Boot gelangte mit größter Gefahr zu uns her, allein es war unmöglich, weder daß wir hinein stiegen, noch daß das Boot nahe am Schiffe anlegte, bis endlich die Matrosen durch sehr hartes Rudern, um durch Wagung ihres Lebens das unsrige zu erhalten, uns so nahe kamen, daß unsere Leute ihnen ein Tau mit einer Boje zuwarfen und dasselbe sehr lang schießen ließen; welches sie dann nach großer Arbeit und Gefahr endlich ergriffen, daß wir sie also bis unter unser Schiffshinterteil herzu zogen und sämtlich in ihr Boot hinein stiegen. Nachdem wir solchergestalt alle im Boot, durften weder sie noch wir daran denken, ihr eigen Schiff zu erreichen. Also wurden wir Sinnes, mit dem Boot zu treiben und es nur soviel möglich gegen dem Ufer zu zu steuern. Wobei ihnen unser Schiffer versprach, daß wann ihr Boot aufm Strand sich in Stücke zerstieße, ers bezahlen wollte. Kam also unser Boot teils durch Rudern, teils durch Treiben nordwärts gegen das Ufer meist bei Winterton-Nes ans Land.

Kaum waren wir eine Viertelstunde aus unserm Schiff, so sahen wirs sinken. Ich gestehe, ich konnte kaum die Augen dahin aufschlagen, als der Matrose zu mir sagte, das Schiff sünke eben unter. Denn von dem Augenblick an, da sie mich mehr in das Boot hinein geworfen, als daß ich sagen sollte, ich sei hinein gestiegen, war mein Herz gleichsam als tot; und zwar teils von Schrecken, teils von Unruhe des Gemütes und der Gedanken wegen dessen, was mir noch bevor stünde.

Während diesem unserm Zustand, da das Bootsvolk mit dem Rudern sein Bestes tat, uns an Land zu bringen, konnten wir, wann nämlich unser Boot oben auf einer Welle saß, viele Leute am Strande hinlaufen sehen, um uns, wann wir erst näher kämen, hülfliche Hand zu bieten. Allein es ging nur langsam damit her, maßen wir das Ufer nicht erreichen konnten, bis wir beim Leuchtturm zu

Winterton vorbei, da sich dann die Küste westlich gen Cromer zu abkürzet und das hohe Land also die Heftigkeit des Windes ein wenig minderte. Hier ruderten wir hinein und gelangten insgesamt, obwohl nicht sonder große Beschwerlichkeit, behalten an Land und wanderten nachgehends zu Fuß nach Yarmouth, woselbsten uns, als schiffbrüchigen Leuten, sowohl von der Obrigkeit des Orts, als auch von Privat-Kaufleuten und Schiffseignern viel Gutes widerfuhr, ja so viel Geld gegeben wurde, als wir zur Reise, nach eignem Belieben, entweder nach London oder zurück nach Hull, benötiget.

Hätte ich nun den Verstand gehabt, nach Hull und sodann nach meiner Heimat zu kehren, so wäre ich glücklich gewesen, und mein Vater hätte, als ein Sinnbild der Gleichnisrede unsers Heilandes, unfehlbar meinetwegen ein fett Kalb geschlachtet; allein mein Unstern verleitete mich jetzo zu einer Hartnäckigkeit, die sich durch nichts abwendig machen ließ. Und ob ich wohl manchen lauten Ein- und Zuspruch von meiner Vernunft und gesetzterem Nachsinnen in mir empfand, heimzukehren, hatte ich doch die Kraft nicht, es zu tun. Ich bekam Bekanntschaft mit dem Kapitän eines Schiffes, so schon auf der guineischen Küste gewesen und, weils ihm im Handel daselbst geglücket, wieder dahin gedachte. Da ihm nun mein Umgang, der dazumal eben nicht der unangenehmste war, anstund und er mich sagen hörte, daß ich gerne die Welt besehen möchte, bedeutete er mir sofort, wo ich Lust hätte, mit ihm zu gehen, sollte michs nichts kosten. Ich könnte mit ihm an seiner Tafel speisen und in seiner Kajüte schlafen, und wann ich etwas an Waren mitnehmen wollte, könnte ich seinetwegen meinen möglichsten Vorteil damit schaffen.

Ich nahm das Erbieten an, schloß eine ganz genaue Freundschaft mit diesem Schiffer, so ein ehrlicher aufrichtiger Mann war, trat die Reise mit ihm an und nahm ein kleines Kapitälchen mit mir, welches sich aber durch die uninteressierte Redlichkeit meines Freundes, des Schiffskapitäns, ansehnlich vergrößert. Dann ich hatte etwa 40 Pfund Sterling an solch Spielzeug und Puppenwerk angeleget, als mich der Kapitän kaufen geheißen. Diese 40 Pfund hatte ich zusammengebracht durch die Hülfe etlicher meiner Verwandten, mit denen ich korrespondierte und die, meines Vermutens, meinen Vater oder wenigstens meine Mutter dahin beredet, mir so viel zu meiner ersten Unternehmung vorzuschießen.

Dies war die einzige Reise, die ich unter allen meinen Ebenteuern glücklich nennen mag: und zwar habe ichs dem treuherzigen ehrlichen Gemüte meines Freundes, des Kapitäns, zu danken, unter dem ich auch eine ziemliche Wissenschaft in mathematischen Künsten und Schiffahrtsreguln ergriffen, und dabei, wie der Kurs eines Schiffes aufzuschreiben, wie die Höhe der Sonne zu nehmen, mit einem Worte Dinge, die ein Seefahrer unumgänglich verstehen muß, erlernet. Dann, gleichwie er seine Freude damit hatte, mich zu lehren, also machte ich mir hinwiederum eine Lust daraus, gerne zu lernen; und ich wurde solchergestalt durch diese Reise beides ein

See- und ein Kaufmann. Dann ich brachte 5 Pfund 9 Unzen Goldstaub für mein Part zurücke, woraus ich in London nachmals bei 300 Pfund Sterling gelöset.

Nunmehr galte ich für einen Guineahändler, und da, zu meinem großen Unglück, mein Freund bald nach seiner Ankunft verstarb, beschloß ich, ebendie Reise nochmals vorzunehmen, und begab mich wieder auf das vorige Schiff mit einem, der auf der ersten Reise für Steuermann darauf gedienet und anjetzo das Kommando über das Schiff bekommen hatte. Dies war die unglücklichste Reise, die je ein Mensch getan. Dann ob ich gleich nur 100 Pfund Sterling Wert von meinem letzthin erworbenen Reichtum mitgenommen, die übrigen 200 aber bei meines Freundes Witwe, die mir sehr redlich begegnete, stehen lassen, geriet ich dennoch auf dieser Reise in erschröckliche Unglücke.

Als unser Schiff den Kurs gegen die Kanarische Eilande zu oder vielmehr zwischen diesen Eiländern und der Küste von Afrika hielte, erblickte es des Morgens in der Dämmerung einen türkischen Seeräuber, welcher uns mit allen seinen Segeln nachjagte. Wir spannten deren auch so viele auf, als unsere Segelstangen nur breit und unsere Mastbäume zu tragen stark genug waren, um ihm aus dem Gesicht zu kommen. Allein als wir merkten, daß der Seeräuber den Vorteil über uns gewann und uns in wenig Stunden unfehlbar einholen würde, machten wir uns fertig zum Fechten; maßen unser Schiff zwölf, der türkische Hund aber achtzehen Stücke führte. Ungefähr um drei Uhr Nachmittage erreichte er uns, und da er aus Versehen anstatt quer hinter unserm Schiff umzulaufen, wie er wohl im Sinne gehabt, recht quer unserm halben Deck hinten zuhielte, gaben wir ihm von der Seite eine volle Lage, daß er, als wir unser Feuer wiederholten, von uns abließ und neben auswiche. Er hatte zwar seine Leute, die meistens aus 200 Köpfen bestunden, auch eine Salve aus Musketen geben lassen, allein keinen von den Unsrigen getroffen, weil sie sich alle zusammen verdeckt hielten. Hierauf machte er Anstalt zum neuen Gefecht und wir zur Gegenwehre. Wie er aber bald hernach uns zum zweitenmal auf der andern Seite an Bord legte, sprangen sechzig Räuber auf unsere Decke und waren dieselbe samt dem Tauwerk alsofort einzuhauen beschäftiget. Wir bewillkommten sie zwar mit Musketen, halben Piken, Sprengkisten und dergleichen und jagten sie zum zweitenmal von dem Verdeck herunter. Allein, damit ich den traurigen Teil unserer Geschichte nur kurz mache, als unsere Masten, Segel und Taue ganz zernichtet, drei von unsern Leuten getötet und ihrer achte verwundet, mußten wir uns ergeben und als Gefangene nach Salee, einem den Mohren zuständigen Seehafen, hinein schleppen lassen.

Mir gings da so elend nicht, als ich anfangs besorget: ich wurde auch nicht, wie denen andern geschah, ins Land hinein an des Kaisers Hof gebracht, sondern vom Räuberkapitän zur eignen Beute behalten und als ein junger, hurtiger Bursche, der ihm seine Sachen tun könnte, zu seinem Sklaven gemacht.

Hier sann ich auf nichts als meine Flucht. Allein, was mir auch für Art und Weise desfalls einfiele, hatte doch alles nicht den geringsten Schein einer Möglichkeit; ja selbst die Gedanken davon schienen mir nicht einmal vernunftmäßig. Dann ich hatte niemanden, dem ichs sagen und mit dem ich mich aufs Meer begeben konnte. Da war kein Mitsklave, kein Engelländer, Schottländer oder Irländer, sondern bloß und allein ich. Dahero ich dann zwei Jahre lang, ob ich mir schon manchmal mit der süßen Einbildung eine Freude machte, gar nicht den geringsten Weg, solches ins Werk zu richten, vor mir sahe.

Etwa nach zweien Jahren ereignete sich ein gewisser seltsamer Umstand, welcher mir die vorigen Gedanken wegen meiner Entfliehung wieder in Kopf brachte. Weil mein Patron länger als gewöhnlich, ohne sein Schiff auszurüsten, zu Hause lag, nahm er beständig die Woche ein-, zwei-, auch, bei schönem Wetter, wohl mehrmal das kleine Schiffsboot und fuhr darin auf die Reede hinaus zum Fischen. Wie er nun mich und einen kleinen Mauresken allezeit mit sich nahm, das Boot zu rudern, machten wir ihm viele Ergötzlichkeit, und ich führte mich im Fischfang sehr geschickt auf, also daß er mich deswegen zuweilen nebst einem Mohren, einem seiner Verwandten, und dem jungen Mauresken, wie sie ihn nannten, um ein Essen Fisch aussandte.

Einstens, als wir an einem ganz stillen Morgen aufs Fischen ausgingen, entstund ein so dicker Nebel, daß, ob wir gleich nicht eine Stunde weit vom Ufer ab waren, wirs doch aus dem Gesicht verloren. Wir ruderten immerhin, ohne zu wissen, ob vor oder hinter uns, arbeiteten den ganzen Tag und folgende ganze Nacht darzu und wurden bei anbrechendem Morgen erst gewahr, wir seien, anstatt mit dem Boot dem Lande zu nähern, vielmehr seeeinwärts getrieben und zum wenigsten zwo teutsche Meilen weit vom Ufer ab. Demungeacht erreichten wirs endlich wiederum glücklich, obwohl mit harter Arbeit und nicht sonder Gefahr, indem der Wind des Morgens scharf zu wehen anfing. Insonderheit aber waren wir alle trefflich hungrig.

Allein unser Patron, dem dieser Zufall zur Warnung diente, beschloß bei sich selber, sich künftighin nicht mehr in solche Gefahr zu setzen, und weil er die Schaluppe von unserm durch ihn aufgebrachten Schiff neben dem seinigen liegen hatte, nahm er sich vor, nicht mehr ohne einen Kompaß und etwas Proviant aufs Fischen auszugehen. Also erteilte er seinem Schiffszimmermann, so gleichfalls ein engelländischer Sklave war, Befehl, mitten in der Schaluppe ein kleines Zimmerchen oder Kajüte zu bauen, hinter welchem einer am Ruder stehen und die große Schoten anholen könnte, vorn aber Platz für ein paar Personen, die Segel aufhissen und wenden zu können. Ihr Segel war oben schmal und unten breit, oder wie's unsre Schiffer nennen, ein Gigsegel, und die Rah oder Gig hing recht über die Kajüte, welche sehr schmal und niedrig, also daß er bloß Raum darin mit ein paar

Sklaven zu schlafen und ein Tischchen zum Essen hatte, nebst etlichen kleinen Kästchen, etwas von ihm beliebigen Getränke, insonderheit sein Brot, Reis und Kaffee darein zu legen.

Mit diesem Boot fuhren wir fleißig aus zum Fischen, und weil ich mit dem Fang sehr wohl umzuspringen wußte, nahm er mich allezeit mit. Einstens setzte er sich vor, mit ein paar vornehmen Mohren des Orts entweder zur Lust oder auch Fischens halber auszulaufen, und verfügte also eine besondre Anstalt. Zu dem Ende hatte er über Nacht einen Vorrat an Lebensmitteln an das Boot gesandt, auch mich drei Flinten mit Pulver und Schrot fertig halten geheißen, um mit Fischen sowohl als Vogelschießen sich eine Ergötzlichkeit zu machen.

Ich machte alle Sachen, seinem Befehl gemäß, zurechte und wartete mit dem Boot, das ich ganz sauber ausgespület, und worauf die Flagge und Wimpeln lustig weheten, auch alles zur Akkommodierung seiner Gäste fertig, auf ihn. Allein er kam bald darauf ganz allein an Bord, mit Bericht, seine Gäste hätten ihm wegen vorgefallener Geschäfte die Ausfahrt abgesagt, also sollte ich mit dem Mohren und dem kleinen Jungen gewöhnlicherweise im Boot hinausfahren, ein Essen Fische für seine Gäste, die heute abend bei ihm zu Hause speisen würden, fangen und sobald ich etwas bekommen, mich daheime damit einstellen. Worzu ich dann alle Anstalt geschwinde vorkehrete.

Diesen Augenblick kamen mir meine vorige Gedanken wegen der Flucht wieder in Sinn. Dann ich sahe, daß ich jetzo eines kleinen Schiffes zu meinem Willen habhaft werden könnte. Weil mein Herr nun hinweg, veranstaltete ich alles, nicht zum Fischen, sondern zu einer Reise, unerachtet ich nicht wußte, ja auch nicht einmal bedachte, wohin ich segeln sollte. Dann mir galt endlich gleich wohin, wann ich nur erst aus der Gegend hinweg.

Mein erster Gedanke ging darauf, wie ich dem Mohren mit guter Manier befehlen könnte, zu unserm Unterhalt aufm Boot etwas vom Lande zu holen, weil sichs, meinem Vorgeben nach, nicht schickte, daß wir von unsers Patrons Mundbrot äßen. Seine Antwort war, ich hätte recht. Also brachte er einen großen Korb mit Zwieback und drei Krüge mit frisch Wasser an Bord. Ich wußte, wo meines Patrons Flaschenfutter stund, welches der Arbeit nach aus einer englischen Prise gewesen sein muß, schleppte die Bouteillen, während der Mohr aufm Lande war, in das Boot und setzte sie in die Kästchen hinein, eben als ob sie für unsern Patron vorher dahin gesetzt gewesen. So trug ich auch einen ziemlichen Klumpen Wachs von fünfzig Pfund schwer in das Boot, nebst einem großen Knäul Segeldraht oder Bindfaden, einem Beil, Säge und Hammer, welche uns nachmals lauter sehr nützliche Dinge waren, insonderheit das Wachs zu Lichtern. Noch drehete ich dem Mohren eine Nase, und er ließ sich unschuldigerweise übertölpeln. Sein Name war Ismael, so sie Muley aussprechen. Also sagte ich zu meinem Muley mit freundlichen Worten, weil unsers Patrons Flinten hier im Boot, ob er nicht ein wenig Pulver und Schrot bekommen könne, es möchten uns etwa etliche Alkamies (eine Art große Seevögel) zum Schuß kommen; dann ich wisse, daß der Patron die Schießmaterialien im großen Schiffe liegen habe. „Ja, ganz gerne", war des Mohren Antwort; und er brachte auch demzufolge sofort einen großen ledernen Beutel mit etwa anderthalb Pfund Pulver oder drüber und noch einen mit fünf oder sechs Pfund Schrot nebst etlichen Kugeln und legte es alles zusammen in das Boot. Zu gleicher Zeit hatte ich in meines Herrn großer Kajüte etwas Schießpulver gefunden. Mit diesem füllte ich eine der größten Flaschen an und tat das wenige darin gewesene in eine andre, und wir segelten also, nachdem wir mit aller Notdurft versehen, immerhin aufs Fischen zum Hafen hinaus. Das an dem Eingang des Hafens gelegene Kastell wußte, wer wir wären, und ließ uns ungehindert vorbei fahren. Wir waren nicht über eine englische Meile weit aus dem Hafen hinaus, so ließen wir das Segel fallen und setzten uns zum Fischen nieder. Der Wind blies aus dem Nord-Nordwesten, also meinem Wunsch entgegen, maßen, wo er aus dem Süden gewehet, ich die spanische Küste oder zum wenigsten die Bai von Kadix erreicht haben wollte. Allein mein Schluß stund feste, von diesem gräßlichen Ort, der Wind wehe aus was für einem Loch er wolle, zu entfliehen und das übrige dem Schicksal zu überlassen.

Nachdem wir eine Weile gefischet und nichts gefangen (dann wann je etwas an meinen Angel anbiß, zog ich doch nicht auf, damit ers nicht sähe), sagte ich zu dem Mohren: „Dies wills ihm nicht tun. Unser Patron will Fische haben. Wir müssen weiter vom Lande ab." Er versah sich nichts Böses, und weil er vorn im Boot war, zog er die Segel auf, ich aber, als der am Ruder stund, steuerte das Fahrzeug eine gute teutsche Meile besser auf die hohe See hinaus, drehete es hernach, als ob es nun wieder fischen gelten sollte, gab dem Jungen das Steuer in die Hand, lief hervor zum Mohren, tat, als ob ich mich nach etwas hinter ihm bückte, faßte ihn unversehens mit meinem Arm unter der Kniekehle und schmiß ihn mit eins über Bord ins Wasser. Er war augenblicks wieder in der Höhe, dann er schwamm als Kork, rief mir zu und flehete mich, ihn wieder einzunehmen, er wolle mit mir durch die ganze Welt gehen. Er schwamm würklich so stark hinter dem Boot her, daß er mich bald erreicht hätte, weil ohnedem wenig Wind. Hierauf lief ich flugs nach der Kajüte, langte eine Flinte, hielt sie gegen ihn und sagte, ich hätte ihm noch keinen Schaden getan und wolle, wofern er nichts anfinge, ihm auch ferner nichts tun. Sondern weil er gut genug schwimme, das Ufer zu erreichen, und die See stille sei, solle er sein Bestes nach dem Lande zu tun. Komme er mir an das Boot, so wolle ich ihn durch den Kopf schießen; dann ich sei gänzlich entschlossen, meine Freiheit zu haben. Also kehrte er um, arbeitete nach dem

Ufer zu, und zweifelt mir nicht, weil er ein trefflicher Schwimmer, er werde es sonder Mühe erreicht haben.

Ich hätte endlich diesen Mohren wohl mit mir nehmen und den Jungen hingegen ersäufen können. Allein ich durfte ihm keinesweges trauen. Als er erst hinweg, wandte ich mich gegen den Jungen, den sie Xury hießen, und sagte zu ihm, wo er mir wolle getreu sein, sollte er durch mich zu einem großen Mann werden, wofern er sich aber nicht ins Gesicht schlage und mir also die Treue angelobe (das ist, mir beim Mahomet und seines Vaters Bart schwöre), müsse ich ihn eben auch ins Meer werfen. Allein der Bursch lächelte mich so freundlich an und redete so unschuldig, daß ich ihm nicht mißtrauen konnte. Also schwur er, mir treu und hold zu sein und mit mir durch die ganze weite Welt zu gehen.

Während ich dem schwimmenden Mohren nachsahe, steuerte ich das Boot gerade nach dem hohen Meer zu und fast mehr hinaufwärts über den Wind, damit sie denken möchten, ich segle nach der Enge der Straße (zwischen Afrika und Spanien) zu, denn wer hätte glauben können, wir begehrten südwärts, gerade nach der rechten barbarischen Küste, woselbsten uns ganze Nationen Negros mit ihren Nachen umzingeln und umbringen würden; ja, da wir nicht einmal an Land gehen könnten ohne augenscheinliche Gefahr, von den wilden Tieren oder denen noch unbarmherzigern wilden Menschen aufgefressen zu werden?

Allein sobald es des Abends dunkel wurde, veränderte ich meinen Kurs und segelte recht süd- und östlich an, und zwar mehr nach dem Osten, damit ich unterm Wall bliebe. Weil ich nun frischen, durchstehenden Wind und stille, ebne See hatte, ging es so schnelle fort, daß ich des andern Nachmittages gegen drei Uhr, als ich zum erstenmal Land antat, nicht weniger als 150 englische Meilen südwärts von Salee, also sehr weit über des Kaisers von Marokko oder irgendeines andern benachbarten Königs Länder hinaus sein müßte.

Wir sahen keine Leute, ich hatte aber einen solchen Schrecken vor den Mohren bekommen, und war mir so erschröcklich bange, ihnen in die Hände zu fallen, daß ich nicht getrauete, stille zu halten oder an Land zu gehen oder ein Anker auszubringen. Der Wind blieb noch immerzu gut, bis ich auf solche Art ganzer fünf Tage gefahren. Da nun mittlerweile der Wind sich nach dem Süden gedrehet, schloß ich zugleich, daß, wenn sie mir ja einige Fahrzeuge, mich einzuholen, nachgeschickt, sie dennoch nunmehr aufgeben würden. Also wagte ichs, Land anzutun, und ankerte in dem Mund eines kleinen Flusses, unwissend, wo oder was für einem, auch nicht, unter was für einer Breite, Land, Nation oder Strom. Ebensowenig sahe ich auch einiges Volk oder verlangte eines zu sehen. Die Hauptsache, so mir mangelte, war frisch Wasser. In diese Anfurt gelangten wir des Abends und waren willens, sobald es finster, ans Land zu schwimmen und uns der Gegend zu erkundigen. Allein, sobald nur die Nacht völlig eingebrochen, höreten wir ein so gräßliches Getöse von Bellen, Heulen und Brüllen wilder, uns unbekannter Tiere, daß der arme Junge fast vor Angst tot geblieben und mich flehentlich gebeten, ja nicht vor Tag ans Land zu gehen. „Gut, Xury," sagte ich darauf, „ich wills dann nicht tun, aber vielleicht sehen wir bei Tage Menschen, die uns noch mehr Schaden zufügen als alle Löwen." „Ei, so wollen wir dann", versetzte Xury lachend, „darunter schießen und sie alle in die Flucht jagen." Ich hatte meine Freude daran, daß der Bursche so lustig, und gab ihm, um ihn noch beherzter zu machen, aus unsers gewesenen Patrons Flaschenfutter einen Schluck Branntwein. Bei dem allem war Xurys Rat gut, ich nahm ihn an, wir ließen unsern kleinen Anker fallen und lagen die ganze Nacht über stille. Ich sage stille; dann wir schliefen nicht, sondern erblickten in ein paar Stunden, wie eine Menge große, wilde Tiere von allerhand Gattung (deren Namen wir nicht kannten) ans Meerufer herab kämen und ins Wasser sprüngen, sich darin zu erlustigen, zu erfrischen und abzukühlen. Und sie machten ein solch entsetzliches Geschrei und Geheule, daß ich dergleichen mein Lebetag nicht gehöret.

Xury war ungemein erschrocken und ich ebensowohl. Doch entsetzten wir uns noch mehr, als wir eines dieser großen Tiere gegen unser Boot herzuschwimmen höreten. Wir konntens nicht sehen, aber an seinem Schnauben wohl vernehmen, daß es eine ungeheure wilde grimmige Bestie wäre. Xury sagte, es sei ein Löwe, und es war auch einer, soviel ich merken konnte. Der arme Schelm schrie, ich sollte doch den Anker lichten und weg rudern. „Nein, Xury," sagte ich, „wir können unser Ankertau mit der Boje länger ausstecken und weiter seewärts abhalten. Sie können uns so weit nicht folgen." Kaum hatte ich dieses ausgeredet, so merkte ich die Bestie ein paar Ruder lang in der Nähe, darüber ich einigermaßen zusammen fuhr. Doch lief ich eilends zu der Kajüte, nahm meine Flinte und gab darauf Feuer. Worüber sie dann augenblicks umkehrte und nach dem Lande hin schwamm.

Doch es ist nicht zu beschreiben, was für ein entsetzliches Lärmen und förchtiges Schreien und Geheule, sowohl vorn am Ufer als höher hinauf ins Land hinein, über gemeldeten Büchsenschuß entstanden, als dergleichen Ding meines Erachtens diese Kreaturen noch niemals gehöret hatten. Dies überzeugte mich vollends, es sei vor uns nicht ratsam, in der Nacht an Land zu gehen, und ob es bei Tag zu wagen, war eine neue Frage. Dann es war ebenso gefährlich, unter einige wilde Leute als unter Löwen und Tiger zu geraten, indeme uns vor beiden gleich bange.

Dem allem ungeacht waren wir gezwungen, an was Ort es seie, wegen frischen Wassers an Land zu gehen, dann wir hatten keine Viertelkanne mehr im Boot. Wann aber und wo, darauf kams nun an. Xury sagte, wann ich ihn mit einem Krug ans Land ließe, wollte er schon frisch Wasser auffinden und mir herbringen. Ich fragte ihn, warum eben er hinwollte. Warum nicht ich gehen und er im Boot bleiben sollte. Allein der Bursche beantwortete mirs mit so treuherziger Manier, daß ich ihn von dar an allezeit lieben müssen: nämlich, wann die wilden Männer kämen und ihn auffräßen, so käme doch ich davon. „Xury," versetzte ich, „wir wollen alle beide hinan, und wann die Wilden kommen, so wollen wir sie erschießen, und sie sollen keinen Braten von uns machen." Also gab ich ihm ein Stück Zwieback und einen Schluck Branntwein aus obgemeldetem Flaschenfutter, wir holeten das Boot so nahe ans Ufer, als uns dienlich deuchte, und wateten mit nichts als unserm Gewehr und zween Wasserkrügen vollends hinüber.

Ich getrauete nicht, das Boot aus dem Gesichte zu lassen, weil mir bange, es möchten einige Kähne mit Wilden den Fluß herunter kommen. Der Junge aber, auf Erblickung eines niedrigen Platzes etwa eine englische Meile landeinwärts, lief darnach zu, und ich sahe ihn bald darauf wieder nach mir her rennen. Ich dachte, er würde etwa von einem Wilden verfolget oder flöhe aus Furcht vor einem grausamen Tier, eilete also nach ihm zu, ihm beizuspringen. Doch als ich näher zu ihm kam, sahe ich etwas über seine Achsel herüber hangen, nämlich ein gewisses Tier, so er geschossen. Von Gestalt wars wie ein Hase, doch anderer Farbe und länger von Läufen. Wir waren demungeacht dessen sehr frohe und hatten daran ein herrliches Essen. Die größte Freude, die Xury mitbrachte, war dies, daß er gut Wasser gefunden und keine wilde Menschen gesehen.

Jedoch, wir wurden nachgehends gewahr, daß wir solche Mühe um süß Wasser nicht nötig gehabt, weil ein wenig weiter hinauf in der Anfurt, wo wir lagen, nach verlaufener Flut (die ohnedem nicht hoch hinaufging) dessen genug zu bekommen. Also füllten wir unsere Krüge, ließen uns bei unserm Hasenwildpret wohl sein und machten uns zur weitern Reise fertig, nachdem wir keine menschliche Fußstapfen in dieser Gegend des Landes wahrgenommen.

Weil ich schon zuvor einmal auf dieser Küste gewesen, wußte ich gar wohl, daß die Kanarische Insuln, samt denen Kap-Verdischen Eilanden, nicht weit von derselben ablägen. Doch da ich keine Seeinstrumente hatte, die Höhe zu nehmen, auch nicht vollkommen wußte oder mich wenigstens nicht recht erinnerte, unter was für einer Breite diese Eilande lägen, so wußte ich auch nicht, wo ich nach ihnen aussehen oder wann ich seeeinwärts gegen sie zuhalten müßte: sonsten hätte ich vielleicht einige solcher Insuln mit geringer Mühe gefunden. So aber war meine Hoffnung diese, daß, wann ich längs dieser Küste hinsegelte bis an die Gegend hinunter, wo die Engelländer hin handeln, ich vielleicht einige ihrer Schiffe auf ihrer gewöhnlichen Fahrt antreffen und von ihnen sodann auf- und angenommen werden würde. Segelten demnach zehen bis zwölf Tage lang südwärts, gingen gar sparsam um mit unserm Proviant, welcher sehr abzunehmen anfing, und begaben uns nicht öfter an Land, als wann wir kein frisch Wasser mehr hatten. Mein Absehen hierein war, den Fluß Gambia oder Senegal, das ist die Gegend um Kapo Verde, anzutun, woselbst ich ein europäisches Schiff anzutreffen hoffte. Mißglückte mir dieses, so wußte ich nichts mehr anzufangen, als die Eilande zu suchen oder daselbst unter denen Negros umzukommen. Mir war bekannt, daß alle europäische Schiffe, welche entweder nach der Küste von Guinea oder Brasilien oder nach Ostindien fahren, dieses Kap oder diese Eilande besuchten, und ich setzte mein ganzes Schicksal auf diesen einzigen Punkt: entweder ich müßte ein Schiff antreffen oder Hungers sterben.

Als ich eines Tages in dieser Ungewißheit voller Gedanken in die Kajüte gekrochen und mich eben niedergesetzt, rief Xury, den ich ans Ruder gestellt hatte, aus vollem Halse, er sehe ein Schiff mit einem großen Segel, und war dabei vor Angst halb außer sich selber, weil er dachte, es müßte notwendig eines von seines gewesenen Herrn Schiffen sein, das uns nachjagen sollte. Ich sprang aus der Hütte heraus und sahe augenblicklich nicht allein das Schiff, sondern auch sogar, was für eines es seie, nämlich ein portugiesisches, so ich wegen des Negroshandels nach der guineischen Küste bestimmt zu sein gläubte. Doch als ich seinen Kurs recht betrachtete, merkte ich balde, es gehe anderwärts hin und begehre nicht an Land. Worauf ich dann mit allen Kräften nach der weiten See hinein stach, um, wanns immer möglich, mit denen darauf befindlichen Personen zu reden.

Mit aller meiner Segelkraft befande ich dennoch, würde ich ihnen nicht beikommen können, sondern sie würden immerhin fort sein, ehe ich ihnen ein Zeichen zu geben vermöchte. Doch nachdem ich den Wind aufs schärfste gefaßt und die Segel so voll stechen lassen, als sichs nur geschickt, mußten sie mich vielleicht durch ihre Ferngläser ersehen haben und meinen, daß es ein europäisches Boot, das irgend zu einem verunglückten Schiff gehöret. Also minderten sie die Segel und warteten mich ein. Mir gab dieses einen Mut, und weil ich meines Patrons Flagge am Bord hatte, machte ich, zum Zeichen meiner gegenwärtigen Not, eine Schau daraus und brannte eine Büchse los. Auf diese Notzeichen hielten sie mitleidig nach mir zu, warfen meinetwegen das Schiff auf die Seite, und ich kam in etwa drei Stunden behalten an ihren Bord.

Sie fragten mich auf portugiesisch, spanisch und französisch, wer ich seie. Aber ich verstund keines von allen dreien. Endlich rief mir ein auf dem Schiff vorhandener schottländischer Matrose zu. Ich antwortete und erzählte ihm, ich sei ein Engelsmann und den Mohren zu Salee aus der Sklaverei mit der Flucht entkommen. Also hießen sie mich an Bord klettern und nahmen mich samt alle meinem Gut ganz freundlich ein.

Mir wars, wie ein jeglicher wohl erachten mag, eine unbeschreibliche Freude, auf solche Art aus meinem dermaligen, so erbärmlichen Zustande befreiet zu sein, und bot zur Vergeltung der mir geschehenen Erlösung dem Schiffskapitän sofort alle mein Vermögen an. Allein er versetzte großmütig, er begehre nichts, sondern alles, was ich aufs Schiff gebracht, sollte mir nach glücklicher Ankunft in Brasilien wieder werden.

Mein Boot betreffend, war es ein recht gutes Fahrzeug. Dies sah er wohl und fragte mich also, ob ichs wohl an das Schiff verkaufen und was ich davor haben wollte. Ich antwortete, er sei so edelmütig und höflich in allen Stücken gegen mich gewesen, daß ich das Boot dagegen gar nicht rechnen könnte, sondern es ihm hiemit gänzlich überließe. Er bot mir hierauf seine Handschrift, mir achtzig Stück von Achten (spanische Speziestaler) dafür zu bezahlen, und wann dorten noch jemand mehr dafür böte, den Rest nachzuschießen. Überdies offerierte er mir sechzig Stück von Achten vor meinen Jungen, den Xury, so ich ungern nahm; um mich aber seinen Wünschen willig zu machen, schlug er mir vor, dem Jungen schriftlich zu geloben, ihn, wann er zehen Jahre bei ihm gedienet und ein Christ geworden, wieder frei zu geben. Worauf ich ihn dann, weil Xury selber Lust zu ihm hatte, dem Kapitän überließ.

Wir hatten bis Brasilien eine sehr gute Reise und kamen etwa drei Wochen hernach in der Bahia de Todos los Santos oder Allerheiligen-Hafen glücklich an. Ich kann an die edelmütige Begegnung des Schiffskapitäns nimmer genug gedenken. Er wollte für meine Passage nicht einen Heller und ließ mir alle Sachen, die ich auf seinem Schiff hatte, von Stück zu Stück einliefern. Was ich zu verkaufen willens, das handelte er alles an sich. Kurz, ich lösete aus meiner völligen Bagage bei 220 Stück von Achten und kam mit diesem Kapital in Brasilien an Land.

Es währete nicht lange, so rekommendierte er mich an das Haus eines ebenso ehrlichen Mannes, als er selbst war, welcher ein Ingenio oder Zuckermühle und darzu gehöriges Land hatte. Bei diesem hielte ich mich eine Zeitlang auf und lernte dadurch allmählich, wie es mit dem Zuckerpflanzen und -kochen herginge; und weil ich sahe, wie gut es die Einwohner hatten, wurde ich schlüssig, falls ich die Erlaubnis erhalten könnte, mich da zu setzen, gleichfalls Land anzunehmen und mir mein in London hinterlassenes Geld gelegenheitlich hieher übermachen zu lassen. Zu diesem Ende ließ ich mich durch eine Schrift gleichsam naturalisieren, kaufte so viel ungebautes Land, als mein Geld langte, und machte einen Über- und Anschlag, wie ichs mit dem Pflanzen und Haushalten gemäß meinem aus England erwartenden Kapital angreifen wollte.

Ich hatte zum Nachbar einen Portugiesen aus Lissabon, doch von engelländischen Eltern geboren, namens Wells, meist gleichen Vermögens mit mir. Mein Kapital war gleich dem seinigen nur mäßig, und wir pflanzten bei zwei Jahre lang fast mehr uns bloße Maulfutter, als daß wir sonsten was auflegen können. Jedoch fingen wir an zuzunehmen und unser Land in gutes Geschick zu bekommen, also daß wir im dritten Jahre schon etwas weniges an Tobak pflanzten und jeder von uns ein groß Stück Feldes für Zuckerröhren aufs künftige Jahr zurechte machte. Allein uns fehlete es an Hülfe, und ich erfuhrs nun mehr als zuvor, daß ich durch Entlassung meines jungen Xury mir selber zu nahe getan.

Ich hatte meine Plantagie schon einigermaßen nach meinem Sinn und auf einen gewissen Fuß eingerichtet, ehe mein dienstfertiger Freund, der Schiffskapitän, wieder abreisete. Wie ich ihm geoffenbaret, was für ein kleines Kapital ich in London zurück gelassen, gab er mir diesen freundlich- und aufrichtigen Anschlag: wofern ich ihm Briefe und eine förmliche Vollmacht nebst schriftlicher Ordre an die Inhaberin meines Geldes in London, wegen Übermachung meiner Barschaft nach Lissabon an beliebige Personen und in solchen Waren, die in diesem Lande abgingen, mitgeben wollte, so wolle er, bei seiner Zurückkunft unter Gottes Geleite, das daraus gelösete Geld unfehlbar mitbringen. Weilen aber alle menschliche Dinge dem Wechsel und allerhand Unstern unterworfen, möchte ich lieber nur 100 Pfund Sterling, als die Hälfte des Kapitals, verschreiben und es damit wagen. Komme es glücklich über, könne ich den Rest allezeit auf ebensolche Weise nachbekommen. Schlüge es dann fehl, so wäre doch die andere Hälfte zur nötigen Einbuße annoch übrig. Dies war ein so heilsamer und getreuer Rat, daß ich nicht anders als überzeuget werden mußte, ich könnte nichts Besseres tun. Also machte ich die Briefe an die Frau, bei der ich mein Geld niedergesetzt, und dann die Vollmacht für den portugiesischen Schiffer verlangtermaßen zurechte.

Ich schrieb des englischen Kapitäns Witwe eine ausführliche Nachricht aller meiner Ebenteuer, meines Sklaventums, Flucht, und wie ich den portugiesischen Schiffer aufm Meer angetroffen und in was Zustand ich nun seie, und als der ehrliebende Kapitän zu Lissabon ankam, fand er bei etlichen daselbst wohnhaften englischen Kaufleuten Gelegenheit, nicht nur die Ordre, sondern auch eine völlige Nachricht meiner Begebenheiten an einen Kaufmann in London zu überbriefen, der es meines englischen Freundes Witwe dann richtig hinterbrachte. Worauf sie nicht allein das Geld ausgehändiget, sondern auch aus ihren eignen Mitteln dem portugiesischen Schiffer ein feines Präsent für seine mir bewiesene Höflichkeit und Liebe überschicket. Der Londonsche Kaufmann legte die 100 Pfund an solche englische Waren, als ihm der Portugiese bedeutet, sandte sie geradenwegs an ihn nach Lissabon, und dieser brachte sie mir glücklich und unbeschädigt nach Brasilien, unter welchen auch, ohne mein Begehren (dann ich war noch zu jung, als daß ich die Sachen recht bedacht), allerhand Werkzeuge von Eisen und anderer Hausrat, so zu meiner Plantagie nötig und nutzlich.

Bei Ankunft dieser Waren dachte ich, mein Glück wäre vollkommen gemacht, so voll Freude war ich darüber, und mein guter Haushalter, der Kapitän, hatte die fünf Pfund Sterling, so meine Freundin ihm zum Präsent geschickt, darzu angewandt, daß er dafür einen Knecht auf sechs Jahre lang vor mich erkauft, und wollte durchaus zur Erkenntlichkeit nichts von mir annehmen als eine kleine Partie Tobak von meinem eignen Gewächs.

Dies war nicht alles. Sondern weil die Waren in lauter englischen Manufakturen, als Tüchern, Stoffen und solchen Dingen bestunden, die hiesigen Landes sonderlich gangbar und gesucht werden, fand ich Gelegenheit, sie mit großem Vorteil abzusetzen. Also daß ich wohl sagen darf, ich habe viermal so viel als meine erste Ladung daraus gelöset und seie meinem armen Nachbar nun weit überlegen worden. Dann das allererste, was ich tat, war die Erkaufung eines Negersklavens und eines europäischen Knechts, nämlich noch eines zu deme, welchen mir der Kapitän von Lissabon mitgebracht.

Im folgenden Jahre hatte ich eine große Einnahme in meiner Plantagie. Ich sammelte fünfzig schwere Rollen Tobak auf meinem eignen Grund und Boden, ohne dem, was ich an meine Nachbarn für allerhand Notdurft überlassen, und diese fünfzig Rollen, deren jede über 100 Pfund wog, wurden als ein Kapital hingelegt, bis die Flotte von Lissabon zurücke käme.

Nun dann allmählich auf die besondre Dinge meiner Lebensbeschreibung zu kommen, kann der geneigte Leser leicht ermessen, daß, da ich in Brasilien nun beinahe vier Jahr gelebet und in meiner Plantagie alles trefflich vonstatten zu gehen angefangen, ich nicht allein die Sprache ergriffen, sondern auch unter den andern Einwohnern, sonderlich unter denen Kaufleuten zu St. Salvador, als unserm Seeport, manche Bekannte und Freundschaft bekommen, und in meinen Diskursen ihnen öfters erzählet, was maßen ich zweimal auf der guineischen Küste gewesen, wie man mit den Negros daselbst handle und wie leicht es seie, gegen geringe Sachen, als gläserne Perlen, Puppenwerk, Messer, Scheren, Beile, Stücken Glas nicht allein Goldstaub, guineisches Korn, Helfenbein, sondern auch Negros zur Sklavenarbeit in Brasilien in Menge zu erhandeln. Sie reckten bei meinen Diskursen von solchen Materien allemal die Köpfe sehr aufmerksam in die Höhe, absonderlich, wann ich der Negros gedachte, welcher Handel damals noch nicht sehr im Schwange, sondern nur unter dem Assiento oder Vergönstigung des Königs von Spanien und zum Vorteil der königlichen Kassa getrieben, folglich wenig Negros herüber gebracht und überdies ungemein teuer verkauft wurden.

Als ich einstens in Gesellschaft etlicher mir bekannten Kauf- und Landleute von diesen Dingen ernstlich redete, besuchten mich ihrer dreie des andern Morgens, mit Bericht, sie hätten verwichene Nacht meinem Diskurs fleißig nachgedacht und kämen nun her, mir einen Vorschlag zu tun. Nachdem ich ihnen nun reinen Mund geloben müssen, sagten sie, sie hätten wohl Lust, ein Schiff nach Guinea auszurüsten. Sie hätten alle zusammen ebensowohl Plantagien als ich und nichts auf der Welt nötiger als Knechte. Weil es nun kein Handel, da sie die Negros, wann sie welche herüber kriegten, nicht öffentlich verkaufen könnten, so wünschten sie nur eine einzige Reise, um Negros insgeheim ans Land zu bringen und sodann unter ihre eigne Plantagien zu verteilen. Mit einem Wort: die Frage war, ob ich wohl als ihr Kaufmann im Schiff, zu Führung dieses Kaufhandels auf der guineischen Küste, hinüber wollte; und boten mir eine gleiche Anzahl Negros, ohne daß ich etwas zum Kapital zulegen dörfte, an. Dies war, die Wahrheit zu bekennen, ein schöner Vorschlag, und gab ich ihnen also den Bescheid, ich wolle herzlich gerne dahin, wann sie nur in meiner Abwesenheit auf meine Plantagie acht haben und bei meinem etwa ereignenden Tod sie demjenigen, welchen ich dazu einsetzen würde, angedeihen lassen wollten. Dies versprachen sie alle und verpflichteten sich darzu eid- und schriftlich; ich aber machte meinen letzten Willen förmlich und setzte den Schiffskapitän, der mir das Leben gerettet, zum Haupterben ein, jedoch so, daß er von meinem Vermögen die Hälfte vor sich behalten, die andre aber nach Engelland übermachen sollte. In Summa, ich brauchte alle mögliche Vorsichtigkeit, meine Effekten und die Plantagie im Stande zu erhalten. Hätte ich nur halb so viel Klugheit angewandt, in mein eigenes Interesse hinein zu sehen, und vernünftig überleget, was ich tun oder lassen sollen, so wäre ich gewiß nimmermehr von einem so glücklichen Unternehmen abgegangen, ich hätte alle die wahrscheinliche Zeichen eines bevorstehenden Reichtums nicht aus den Augen und je meinen Fuß nicht zu einer neuen Seereise ins Schiff gesetzt, wobei alle deren gewöhnliche Gefährlichkeiten zu befürchten. So aber wurde ich hingerissen und folgte blindlings meinen eigenen Einfällen mehr als meiner Vernunft; und als das Schiff, genommener Abrede nach, ausgerüstet, die Ladung darauf gebracht und durch den Vergleich meiner Mitinteressenten dieser Reise alle Dinge eingerichtet, begab ich mich, zu einer abermals unglücklichen Stunde, den 1. September 1659, an Bord, als welches eben der Tag, daran ich vor acht Jahren von meinen Eltern zu Hull entlaufen und mich also gegen ihre Autorität als ein Rebelle und gegen mein eigen Bestes als ein Narr aufgeführet. Noch selbigen Tages, da ich an Bord kam, gingen wir unter Segel und steuerten nordwärts auf unserer eignen Küste, in Meinung, sodann hinüber nach dem afrikanischen Wall zu stechen, wann wir erst unterm zehenten oder zwölften Grad Norderbreite, welches zu selbiger Zeit die Fahrt dahin zu sein schiene. Wir hatten sehr gut Wetter, nur überaus heiß, bis wir auf die Höhe des Kap St. Augustino kamen, allwo wir weiter seeeinwärts liefen, mithin das Land ausm Gesichte verloren und eben so den Kurs immerzu Nordosten zum Osten nahmen. Auf diesem Kurs passierten wir die Linie in etwa zwölf Tagen und waren, unserer letzten Observation nach, 7 Grad 22 Minuten Norderbreite, als ein heftiger Orkan uns von unserer Fahrt ganz verschlug. Er entstund aus dem Südosten, lief hinum nach dem Nordwesten und setzte sich feste im Nordosten, aus welchem er so entsetzlich wütete, daß wir ganzer zwölf Tage nichts tun konnten als treiben, uns dem Willen des Schicksals und dem Grimm des Windes überlassend.

Als das Wetter ein wenig stiller wurde, nahm unser Schiffer die Höhe, so gut er konnte, und befand, er seie ungefähr 11 Grad Norderbreite, aber 22 Grad der Länge, westlich vom Kap St. Augustino, fing an, mit mir zu beratschlagen, was für einen Kurs er nehmen solle, weil das Schiff voll Ritzen und übel zugerichtet, da er dann gerade wieder nach der brasilianischen Küste hinab segeln wollte. Ich war durchaus darwider, und indem wir die Karte von der amerikanischen Seeküste beschaueten, mutmaßeten wir, es sei kein bewohntes Land vorhanden, da wir unsere Zuflucht hinnehmen könnten, bis wir in den Zirkel derer karibischen Eilande hinein kämen: wurden also schlüssig, gegen Barbados zu segeln, welches in etwa fünfzehen Tagen abzusegeln stünde, da wir hingegen die Reise nach der Küste von Afrika ohne Beihülfe sowohl vor uns als vors Schiff unmöglich vollbringen konnten.

In solchem Vorhaben änderten wir unsern Kurs und fuhren Nordwesten zum Westen, um etwa eines unserer englischen Eilande zu erreichen, da ich einigen Beistand hoffte. Dann es überfiel uns unterm 12. Grad 18 Minuten ein zweiter Sturm, welcher uns mit eben solcher Gewalt westwärts jagte und von dem Weg allen menschlichen Umgangs so weit verschlug, daß, wenn unser Leben je vom Meer noch gerettet würde, wir doch eher in Gefahr stehen würden, von wilden Menschen aufgefressen zu werden, als jemals wieder in unser eigen Land zu kommen.

Während diesem Elend bei noch immerzu hart stürmendem Wind rief des Morgens frühe einer unserer Leute: „Land!" Wir waren kaum aus der Kajüte hinaus, in Hoffnung zu sehen, wo wir dann in der Welt wären, so stieß das Schiff auf eine Sandbank, und da seine Bewegung also im Augenblick gehemmet, schlug die See dermaßen darüber her, daß wir insgesamt und geschwinde nach den Hütten und bedeckten Winkeln eileten, um uns vor dem Schaum und Sprützen des Wassers zu sichern. Keiner, als wer in dergleichen Not einmal gewesen, vermag sich die Bestürzung der Menschen bei solchen Umständen einzubilden oder sie zu beschreiben. Wir wußten nicht, wo wir wären oder auf was für ein Land wir getrieben. Obs eine Insul oder fest Land, obs bewohnet oder wüste. Und weil die Wut des Windes noch immerzu heftig, so konnten wir nicht einmal hoffen, daß das Schiff sich nur noch wenige Minuten halten könnte, ohne in tausend Stücke zu brechen, die Winde müßten denn durch ein halbes Wunderwerk augenblicks umlaufen. Summa, wir saßen da, sahen einander an und dem Tod alle Augenblicke entgegen, worzu sich ein jeder, weil es die Ewigkeit gelten sollte, nach seiner Art gefaßt machte. Dann auf dieser Welt war doch nur wenig oder gar keine Hoffnung mehr übrig. Unser gegenwärtiger und dabei einziger Trost war, daß gegen alle unsere Vermutung das Schiff noch nicht geborsten und nach des Schiffers Aussage sich der Wind etwas zu legen anfing.

Wir hatten wohl ein Boot, recht vorm Sturm hinten am Schiff, aber es war durch das stete Stoßen gegen das Steuerruder an schadhaft und bald darauf vollends los worden und entweder gesunken oder seewärts getrieben. Hatten uns demnach seiner nichts zu getrösten. Zwar lag noch ein kleines Boot aufm Schiff, aber dies war die Kunst, es ins Wasser zu bringen. Allein da galt kein Disputieren. Dann wir bildeten uns alle Augenblicke ein, nun werde das Schiff bersten; und etliche sagten, es seie schon geborsten. In dieser äußersten Not faßte unser Steuermann das Boot an, schwung es mit Hülfe der übrigen Matrosen über Bord, wir fielen alle hinein, ließen es treiben und ergaben uns, eilfe an der Zahl, der Gnade Gottes und dem wilden Meere.

Nachdem wir etwa anderthalb teutsche Meilen gerudert oder mit dem Boot vielmehr getrieben, kam eine wütende, berghohe Welle hinter uns her rauschen und schiene uns den letzten Streich versetzen zu wollen. Kurz, sie fuhr mit solcher Heftigkeit daher, daß das Boot mit eins umschlug und wir, die wir zu gleicher Zeit sowohl vom Boot als von einander getrennet wurden, nicht einmal so viel Zeit übrig hatten, Gottes Barmherzigkeit anzurufen, sondern im Augenblick alle von der See verschlucket wurden.

Nichts ist fähig, die Verwirrung meiner Gedanken zu beschreiben, als ich ins Wasser gesunken! Dann ob ich gleich sehr gut schwimmen konnte, vermochte ich mich doch der Wellen nicht so viel zu erwehren, daß ich nur Atem holen können, bis die große Welle mich eine weite Strecke gegen das Ufer angetrieben oder vielmehr geworfen und, indem sie zurück lief, mich trocken aufm Strand liegen ließ. So halb tot ich auch von dem eingeschluckten garstigen Seewasser war, hatte ich doch noch so viel Verstand und Atem übrig, daß ich, auf Ersehen, wie ich dem festen Land weit näher, als ich vermutet, mich aufraffte und so geschwind als möglich gegen das Land anzulaufen bemühete, ehe eine andre Welle zurücke kommen und mich wieder wegspülen möchte. Allein ich merkte bald, daß ichs durchaus nicht vermeiden könne. Dann ich sahe die See als einen großen Berg und so grimmig als einen erbitterten Feind hinter mir her, gegen den mich zu wehren ich weder Mittel noch Kräfte hatte. Meine Bemühung war anjetzo, den Atem an mich zu halten, wann ich nur könnte, aus dem Wasser hervor zu kommen und sodann durch Schwimmen gegen das Land anzuarbeiten, indem mir am meisten daran gelegen, daß die See, wann sie mich beim Auflauf weit gegen den Wall fortschöbe, mich nicht beim Zurückprallen wieder mit sich wegreißen möchte.

Die wieder auf mich anrollende Welle begrub mich auf einmal tief in ihrem Busen, und ich konnte fühlen, daß ich mit starker Gewalt und Geschwindigkeit einen ziemlichen Weg nach dem Ufer zu verschlagen wurde. Allein ich hielt den Atem an mich und half mir selber im Schwimmen nach dem Strand hin aus allen Kräften. Eben als ich wegen Anhaltung des Atems bersten mochte, merkte ich, daß ich in die Höhe käme und zu meiner großen Erholung mit Kopf und Händen übers Wasser empor schösse. Ob ich mich nun gleich kaum eine Minute lang also halten konnte, gab mirs doch treffliche Hülfe, frische Luft und neuen Mut. Ich wurde wieder eine gute Weile im Wasser begraben, doch konnte ichs aushalten;

und als es verlief und zurücke zu rollen begunnte, arbeitete ich gegen die zurück prallende Wellen an und fühlte abermals Grund unter mir. Ich stund ein paar Minuten stille, frische Luft zu schöpfen und das Seewasser mir vom Leibe ablaufen zu lassen, trat sodann auf die Füße und lief, so stark ich war, gegen dem Ufer zu. Doch auch dieses wollte mich vor dem Grimme des erbosten Meers noch nicht schützen, sondern es drang noch immerzu hinter mir drein, und ich wurde noch zweimal von den Wellen in die Höhe gehoben und, weil das Ufer nur flach, wiederum eine ziemliche Ecke vorwärts geworfen.

Das letzte unter diesen beiden Malen hätte mir bald den Tod gebracht. Dann die See landete oder schlengerte mich ebenso weit als zuvor, aber an ein Stück einer Klippe, und zwar mit solcher Gewalt, daß ich ohne Gefühl und mir selbst zu helfen unvermögens wurde. Gestalten mirs einen Puff in die Seite und auf die Brust versetzte, daß mir gleichsam der Atem zum Halse heraus fuhr; und, wo es gleich darauf noch einmal gekommen, ich im Wasser unfehlbar erstickt wäre. So aber erholte ich mich vor der Zurückkunft der Wellen ein wenig und wurde schlüssig, mich an einem Stück des Felsen feste und, bis der Stoß vorüber, wo möglich den Atem an mich zu halten. Weilen nun die Wellen wegen Nähe des Landes so hoch nicht mehr gingen als anfangs, hielt ich mich feste, bis ihre Wucht vorbei, wagte noch einen Satz und gelangte dadurch so nahe ans Ufer, daß die nächste Welle, ob sie wohl über mich hinüber schlug, mich doch nicht abspülen konnte, und den letzten Sprung darauf erreichte ich das feste Land, kletterte mit großer Freude auf die Hügel des Ufers hinauf, setzte mich aufs Gras nieder und hatte nunmehr insoweit die Lebensgefahr und den Auflauf des Wassers überstanden.

Jetzo war ich behalten aufm Lande, sahe um mich und dankte Gott, daß er mir mein Leben so mächtig gerettet, da ichs kaum etliche Minuten vorher je nicht hoffen können. Es läßt sich unmöglich ausdrücken, was für Entzückungen und übermachte Freude die Seele empfinde, wann der Leib, so zu reden, recht aus dem Grabe zurück geholet worden. Ich wanderte auf dem Lande auf und nieder, hub meine Hände und mein ganzes Wesen in die Höhe von lauter Gedanken über meine Errettung, mit tausenderlei Gebärd- und Bewegungen, die ich nicht beschreiben kann, und betrachtete alle meine ertrunkene Kameraden, daß doch, ohne mich, keine lebendige Seele davon gekommen. Dann ich sahe würklich keinen einzigen, ja auch nicht einmal ein Zeichen davon, außer drei Hüten, eine Mütze und ein paar ungleiche Schuhe.

Nachdem ich mein Gemüt bestmöglich in Ruhe gesetzt, fing ich an, mich umzusehen, an was für einem Ort in der Welt ich wäre und was ich nun anfangen wollte. Aber da entfiel mir der Mut bald wieder, und meine Errettung konnte mich nicht sonderlich mehr erfreuen. Dann ich war naß, hatte keine andre Kleider, weder Essen noch Trinken zu meinem Labsal, konnte mir auch nichts anders vorstellen, als daß ich Hungers sterben oder von wilden Tieren würde zerrissen werden, und was mich absonderlich kränkte, war, daß ich kein Gewehr, weder einiges Wildpret zu meiner Notdurft zu schießen, noch, wann sich irgend etwas aus böser Absicht an mich machen sollte, mich zu verteidigen in Händen hätte. Summa, ich hatte nichts bei mir als ein Messer, eine Tobakspfeife und etwas weniges an Tobak in einer Dose. Bei einbrechender Nacht fing ich vollends mit schwermütigem Herzen an zu überlegen, wie mirs wohl gehen würde, wann einige wilde Tiere in dieser Gegend wären, weil sie allemal des Nachts auf ihren Raub ausgehen.

Mir fiel kein besser Mittel ein, als auf einen dickbewachsenen, dornichten Baum, welcher unweit von mir stunde, hinauf zu klettern, die ganze Nacht droben zu sitzen und den andern Morgen nachzusinnen, was für eines Todes ich sterben würde. Ich spazierte ein paar hundert Schritte vom Ufer ab, um zu sehen, ob ich kein frisch Wasser zum Trinken antreffen könnte, und fand dessen zu meiner großen Freude. Als ich mich erst gelabet, ging ich nach dem Baum zu, stieg hinauf, machte mir einen Sitz zurechte, damit ich im Schlaf nicht herunter purzelte, schnitt einen kurzen Stock wie einen Prügel statt eines Gewehres ab, setzte mich auf meine zubereitete Ruhestelle, fiel in einen tiefen Schlummer und schlief so süße als schwerlich ein andrer von meinem Zustand, und befand mich dadurch ungemein erquicket.

Bei meinem Erwachen wars lichter Tag, das Wetter helle, und der Sturm hatte sich geleget, also daß die See nicht mehr so tobete oder aufschwolle wie vorher. Nur wunderte mich am meisten, daß das Schiff in der Nacht von dem vorigen Sand, auf welchem es gelegen, durch die Flut aufgehoben und nahe bis an den Felsen, an den ich so unsanft war hingeschleudert worden, heraufgetrieben war. Weil nun dieses nur etwa eine englische Meile von meinem Ufer und das Schiff noch immer aufrecht zu liegen schiene, wünschte ich mich an Bord, um wenigstens etliche mir nötige Sachen daraus zu bergen.

Als ich von meinem Schlafzimmer auf dem Baum herunter gestiegen, sahe ich mich von neuem um, und fiel mir zuerst das Boot, das Wasser und Wind etwa ein paar englische Meilen zu meiner rechten Hand auf den Strand geworfen, in die Augen. Ich marschierte am Wasser so nahe darnach hin, als ich konnte, traf aber zwischen mir und ihm einen eine halbe englische Meile breiten Strom an. Also kehrte ich diesmal wieder um und dachte mehr daran, wie ich ans Schiff kommen und etwas zu meinem jetzigen Unterhalt daraus holen möchte. Zu dem Ende zog ich meine Kleider aus, weil es ohnedem erschröcklich warm geworden, und begab mich ins Wasser. Als ich aber würklich bis ans Schiff geschwommen, setzte es noch größere Schwürigkeit, hinauf zu kommen. Dann weil es feste am Grund und hoch überm Wasser heraus ragete, konnte ich nirgends die Hand anschlagen. Endlich, als ich zweimal drum herum geschwommen, sahe ich ein kleines

Stück von einem Tau, welches ich mich wunderte, nicht gleich das erstemal wahrgenommen zu haben, vorn bei der Fockrust so tief herunter hangen, daß ichs, obwohl mit großer Mühe, zu fassen kriegte und vermittelst dessen ich vorn auf die Back hinauf kletterte. Hier sahe ich nun, daß das Schiff geborsten und viel Wasser unten im Raum hätte, daß es an einer harten Sandbank oder vielmehr hartem Erdreich läge und der Hinterteil oben auf der Bank stünde, der Vorderteil aber meist dem Wasser gleich. Solchergestalt war das ganze Deck oder öberste Boden ganz frei und alles daherum trocken, maßen leicht zu erraten, daß ich vor allen Dingen genau zugesehen und untersucht, was vom Wasser verdorben und was noch gut. Und zwar fand ich erstlich, daß das ganze Schiffsproviant trocken und von Salzwasser unverdorben, und weil ich starken Appetit hatte, ging ich in die Brotkammer, nahm Zwieback und aß zugleich (dann ich hatte keine Zeit zu verlieren), während ich die andere Dinge besichtigte. Überdies fand ich in der großen Kajüte etwas Rum und tat einen guten Zug, als dessen ich auch benötiget genug war, mich auf dasjenige, so mir noch bevorstunde, zu stärken. Anjetzo fehlte mir nichts als ein Boot, um mich mit allerhand Sachen, deren Notwendigkeit ich wohl voraus merkte, zu versehen.

Es nutzte nichts, hier lange stille zu sitzen und es beim bloßen Wünschen zu lassen, und eben die gegenwärtige Not weckte meine sorgfältige Bemühung auf. Wir hatten verschiedene Rahen oder Segelstangen im Vorrat, und zwei oder drei dicke hölzerne Sparren, imgleichen ein paar überzählige Stengen im Schiff. Zu diesen hatte ich Lust und warf ihrer so viele über Bord, als ich nur Schwere halber konnte, band aber an jegliches einen Strick, daß sie nicht weg schwämmen. Als dies getan, stieg ich vom Bord hinab, zog sie nach mir her, befestigte ihrer viere an beiden Enden, so stark ich konnte, wie ein Floß zusammen, legte etliche kleine Bretter kreuzweise drüber her, befand auch, daß ich zwar wohl darauf gehen, weil aber das Holz zu leicht, es mit keiner großen Last belegen könnte. Also sägte ich mit des Schiffszimmermanns Säge einige vorrätige Stengen in drei gleiche Längen und brachte sie mit vieler Mühe und Arbeit auf mein Floß, wobei mir dann die Hoffnung, allerhand Notdurft zu bekommen, einen Mut einsprach, dasjenige zu tun, was ich bei anderm Zustand und Gelegenheit wohl würde haben unterlassen müssen.

Nunmehr war mein Floß stark genug, eine ansehnliche Last zu tragen. Meine nächste Sorge aber ging dahin, was ich wohl darauf laden, und dann, wie ich solche Ladung für dem Überspülen des Salzwassers verwahren wollte. Doch das brauchte nicht lange Kopfbrechens, sondern ich legte erstlich alle Bretter und Dielen, so ich nur kriegen konnte, drüber her, und nachdem ich wohl betrachtet, was mir am meisten mangele, nahm ich zweitens drei Matrosenkisten, welche ich erbrochen und ausgeleeret, und ließ sie auch auf das Floß herunter. Die erste füllete ich mit

Proviant, als Brot, Reis, drei holländischen Käsen, fünf Stück geräuchertem Bockfleisch (so unser Gebratens gewesen) und einem Rest europäischen Korns. An Getränke fand ich etliche Flaschenfutter, unserm Schiffer gehörig, worin einige Flaschen mit Kordialwasser, und in allem fünf oder sechs Gallonen mit Arrak, welche ich dann sämtlich nur so neben einander hinstellete, weil ihnen wegen guter Verbind= und Verpichung das Seewasser keinen Schaden tun konnte und sie in den Kisten ohnedem keinen Platz hatten. Während ich damit beschäftiget, merkte ich, daß die Flut, obwohl sehr sanfte, aufzulaufen begonnte, und mußte zu meinem großen Leidwesen meinen am Ufer aufm Sande zurück gelassenen Rock, Kamisol und Hemd (dann in meinen leinenen, unten offenen Hosen und Strümpfen war ich an Bord geschwommen) weg treiben sehen. Doch eben deswegen suchte ich auch nach Kleidern, fand deren auch genug, nahm aber nur so viel, als ich für diesmal benötiget. Dann das Aug stund mir nach andern Dingen, nämlich zuvörderst nach allerhand Werkzeug zur Arbeit am Lande, aber ich geriet erst nach langem Suchen an des Schiffszimmermanns Kiste, welches gewiß eine sehr nützliche Beute für mich und mir damalen weit mehr wert war, als wann ich eine ganze Schiffsladung mit Gold erobert hätte. Diese ließ ich so ganz auf mein Floß hinunter, ohne die Zeit mit ihrer Erbrechung zu verspielen, weil ich ohnedem überhaupt wußte, was darin vorhanden.

Hiernächst sorgte ich auch für Gewehr samt Pulver und Blei. In der großen Kajüte hingen ein paar sehr gute Vogelflinten nebst zwei Pistolen. Diese nahm ich erstlich hinweg, samt etlichen Pulverhörnern und einem kleinen Sack mit Bleikugeln und zwei alten rostigen Schwertern. Ich wußte wohl, daß drei Fäßlein Büchsenpulver im Schiff wären, aber nicht, wo sie der Konstabel hingesetzt. Nach langem Suchen fanden sie sich auch. Zwei davon waren trocken und gut, das dritte aber naß geworden. Die beiden ersten setzte ich samt dem Gewehre auf das Floß. Es dünkte mich auch, meine völlige Ladung zu haben, und ich fing nun an, darauf zu denken, wie damit an Land zu kommen, da ich weder Segel noch Ruder noch Steuer hatte und eine Hand voll Wind meine ganze Fracht umwerfen konnte.

Doch machten mir drei Sachen ein gut Herz. Erstlich eine ebne, stille See, zweitens die nach dem Ufer auflaufende Flut und dann drittens, daß der ganz schwache Wind noch darzu gegen das Land hin wehete. Ich hatte über obige Sachen in der Zimmermannskiste befindlichen Handwerkszeug annoch zwei Sägen, eine Axt und einen Hammer nebst ein paar zum Boot gehörige, aber zerbrochene Ruder gefunden, und mit dieser Ladung stieß ich endlich vom Schiff ab. Ungefähr eine halbe Stunde weit ging mein Floß trefflich fort, außer daß ich merkte, es triebe von derjenigen Stelle, wo ich zuvor gelandet, etwas abwärts, woraus ich abnahm, es müsse einiger Zug vom Wasser daselbst sein. Folglich hoffte ich, eine Anfurt oder einen Fluß daherum zu finden, der mir dann zum Hafen dienen könnte, um mit meiner Ladung darin zu landen.

Wie ich mirs eingebildet hatte, so wars auch. Es äußerte sich vor mir her eine kleine Öffnung des Landes, und ich merkte, daß ein starker Strom mit der Flut hinein dränge. Also regierte ich mein Floß so gut als möglich, um es recht in der Mitte des Stroms zu halten. Allein hier hätte ich beinahe einen neuen Schiffbruch erlitten, worüber ich vermutlich vor Leid vergangen wäre. Dann weil ich der Küste unkundig, lief mein Floß mit einem Ende auf einen seichten Grund, und weil es am andern nicht feste lag, fehlte nur wenig, daß nicht meine ganze Ladung gegen demjenigen Ende zu, das noch flott war, hinab geglitschet und ins Wasser gefallen. Ich tat mein Äußerstes, indem ich mich mit dem Rücken gegen die Kisten ansetzte, damit sie stehen blieben, vermochte aber dennoch mit allen meinen Kräften das Floß nicht ab zu arbeiten. Dabei durfte ich auch nicht aus meiner Stellung weichen, sondern hielte die Kisten mit aller Macht, stund auf solche Art bei einer halben Stunde, binnen welcher Zeit das Auflaufen des Wassers mich ein wenig weiter hinauf auf einen ebnen Grund brachte, und bald darauf hub die immer höher steigende Flut mein Floß vollends auf, ich stieß es mit dem Ruder in die rechte Fahrt, trieb höher aufwärts und befand mich endlich in dem Mund eines kleinen Flusses und einem stark hinein dringenden Strom und sahe mich auf beiden Seiten nach einem bequemen Platz zum Anlegen um, weil ich nicht gerne allzuweit den Strom hinauf fahren wollte, in Hoffnung, mit der Zeit ein Schiff in der See zu erblicken. Deswegen ich dann eben lieber so nahe als möglich unten an der Küste bleiben wollte.

Endlich beobachtete ich eine kleine Bucht am rechten Ufer der Anfurt, in welche ich mein Floß mit großer Mühe und Beschwerlichkeit hinein leitete, und endlich so nahe hin kam, daß, indem ich mit dem Ruder Grund fühlte, ich es gerade hinein stoßen konnte. Allein hier wäre meine ganze Ladung bald wieder ins Wasser gefallen. Dann weil das Ufer ziemlich steil und abhängig, war keine Gelegenheit zum Landen, maßen der Teil, den ich ans Ufer triebe, so hoch zu liegen, der andre hingegen so tief herunter gekommen wäre, daß meine Sachen in neue Gefahr geraten. Alles, was ich dabei tun konnte, bestund darinne, daß ich die höchste Flut abwartete, indem ich das Floß mit dem Ruder gleichsam als mit einem Anker fest ans Land hielte, und zwar an einem Stück Erdreich, das ich vermutete die Flut bald überschwemmen würde. Das dann auch geschahe. Sobald ich nun Wasser genug spürete (dann mein Floß ging meist einen Fuß tief), stieß ich es auf diesen flachen Grund und befestigte es durch Hineinsteckung meiner zwei zerbrochenen Ruder in den Boden, und zwar des einen auf das eine und des andern auf das andre End. Solchergestalt lag ich da, bis das Wasser wieder ablief und mein Floß samt der ganzen Ladung geborgen aufm Lande blieb.

Meine nächste Arbeit war nun, das Land auszukundschaften und einen bequemen Platz zu meiner Wohnung sowohl als einen sicheren Ort für mein Gut zu suchen. Noch wußte ich nicht, wo ich wäre. Ob aufm festen Land oder auf einer Insul. Ob auf einer bewohnten oder unbewohnten. Ob in Gefahr vor wilden Tieren oder nicht. Nicht über eine englische Meile von mir war ein kleiner Berg oder Hügel, welcher sehr steil und hoch hinauf und noch höher als etliche andre gleichsam in einer Reihe nordwärts gelegene Hügel schiene. Ich nahm eine von den Flinten nebst einer Pistole und Pulverhorn und wanderte in solchem Aufzug nach gedachtem Hügel hin, und nachdem ich mit großer Mühe und Arbeit endlich auf dessen Gipfel hinauf geklettert, sahe ich mein Schicksal zu meiner großen Betrübnis, nämlich daß ich auf einer mit dem Meer allenthalben umgebenen Insul und nirgends kein Land zu sehen, außer etlichen Felsen sehr weit davon und zwei noch kleinern Eilanden als dieses, welche bei drei teutsche Meilen weit gegen Westen davon lagen.

Ich befand auch, daß das Eiland, worauf ich war, wüst und unfruchtbar und unbewohnt, außer etwa von wilden Tieren, deren ich jedoch keines sahe, wohl aber einen Haufen Federvieh, so ich doch nicht kannte, noch wissen konnte, welches davon eßbar oder nicht. Bei meiner Zurückkunft schoß ich nach einem großen Vogel, den ich auf einem Baum neben einem großen Gehölze sitzen sahe. Meines Erachtens muß seit Erschaffung der Welt dieses der erste Schuß hieselbst gewesen sein. Dann ich hatte kaum losgebrannt, so erhub sich aus allen Ecken des Waldes eine unzählbare Menge von allerhand Gevögel mit unordentlichem Geschnatter und Geschrei, jeder nach seiner Weise, kein einziger aber von der mir bekannten Gattung. Den von mir geschossenen hielt ich für eine Habichtsart, weil er ihnen an Farbe und Schnabel gleich, aber mit keinen besonders großen Fängen und Klauen versehen war. Das Fleisch schmeckte aashaftig und war also unbrauchbar.

Mit dieser Entdeckung war ich zufrieden, ging zurücke zu meinem Floß, fing an, meine Ladung an Land zu bringen, und brachte damit den ganzen übrigen Tag zu. Was ich aber mit mir selber auf die Nacht anfangen, oder wo ich schlafen sollte, wußte ich nicht: dann mir grauete auf der Erde zu liegen, aus Furcht, von wilden Tieren zerrissen zu werden. Nichtsdestoweniger verpallisadierte ich mich rundherum mit denen ans Land gebrachten Kisten und Brettern und machte mir eine Hütte zum Nachtlager zurechte. Wegen des Essens wußte ich noch nicht, wo ich was erhaschen würde, außer daß ich aus dem Wald, wo ich den großen Vogel geschossen, ein paar Tierchen wie Hasen hatte heraus springen gesehen.

Nunmehr fing ich an nachzudenken, daß ich noch weit mehr Sachen aus dem Schiff zu holen hätte, die mir guten Nutzen schaffen würden: insonderheit von Tauwerk und Segeln und anderm mehr, und wurde schlüssig, wann ich anders könnte, den zweiten Gang dahin tun. Weil ich nun wußte, daß der erste zu erwartende Sturm dasselbe unfehlbar in Stücke zerbrechen werde, dachte ich, lieber alles andere so lange an die Seite zu setzen, bis ich alles, was ich davon habhaft werden konnte, heraus hätte. Hierauf berief ich einen Rat, nämlich in meinen Gedanken, zusammen, ob ich mein voriges Floß wieder hinschieben sollte. Doch dies schiene nicht tunlich. Also resolvierte ich, so wie das erstemal mit der Ebbe dahin zu gehen, außer daß ich meine Kleider vorher in meiner Hütte ausziehen und nichts als ein buntes Hemd, ein paar leinene Hosen und dünne Schuhe sonder Absätze an den Füßen behalten wollte.

Ich schwamm wie vorhin ans Schiff und verfertigte ein neues Floß, machte es aber nicht so unbehülflich, überlud es auch nicht mehr so und brachte gleichwohl viele mir nützliche Sachen darauf. Erstlich fand ich in des Zimmermanns Hütte ein paar große Säcke voll Nägel und Spieker, eine große Schraube, ein Dutzend oder zwei Beile und vor allem das ungemein nützliche Ding, einen Schleifstein. Alles dieses legte ich zusammen nebst verschiedenen Sachen, so dem Konstabel zugestanden, absonderlich ein paar Hebeisen, zwei Fäßlein Musketenkugeln, sieben Musketen und noch eine Vogelflinte, nebst noch einem kleinen Vorrat Pulver, einen großen Beutel mit Schrot und eine große Rolle dünn geschlagen Blei. Doch dies letztere war so schwer, daß ichs nicht herauf und übern Bord hinüber ziehen konnte. Ohne jetzt berührte Sachen nahm ich auch alle Kleider, so ich nur finden konnte, und ein vorrätiges Vormarssegel, eine Hangmatte und etwas Bettwerk. Hiemit belud ich mein zweites Floß und brachte es alles zu meiner großen Bequemlichkeit glücklich ans Land.

Während meiner Abwesenheit vom Lande war ich einigermaßen bekümmert, es möchte zum wenigsten mein Vorrat an Essen und Trinken indessen weggekommen sein. Allein ich fand bei meiner Rückkunft kein Merkmal irgend eines dagewesenen ungebetenen Gastes, sondern es saß bloß ein Tier, als eine wilde Katze auf den Kisten, welche, als ich auf sie zuging, ein wenig hinweg sprung, aber gleich wieder still stunde. Sie saß sonsten ganz ruhig, ohne die geringste Furcht, und sahe mir völlig unters Gesichte, eben als ob sie mit mir bekannt werden wollte. Ich hielt meine Flinte gegen sie, weil sie's aber nicht verstunde, ließ sie sich im geringsten nichts anfechten, begehrte auch nicht wegzulaufen. Hierauf warf ich ihr ein Stücklein Zwieback hin, ob ichs wohl, weil ich dessen keinen großen Vorrat hatte, selbst nicht zum besten missen konnte. Demungeacht bot ich ihr einen Bissen an, sie kam herzu, roch daran und hatte Lust zu mehrerm. Allein ich bedankte mich, ich konnte selber nicht mehrers entbehren, und so marschierte sie wieder ab.

Nachdem ich meine zweite Landung am Land hatte, hätte ich die Pulverfäßlein gerne aufgemacht und sie in kleinere Haufen verteilet, sie waren mir aber, indem es große Tonnen, allzu schwer. Also arbeitete ich an einem kleinen Zelt aus Segeltuch und etlichen zu dem Ende abgehauenen Pfählen, und in dieses Zelt brachte ich dann ein jedwedes Ding, das von der Nässe oder der Sonne Schaden nehmen konnte, und setzte alle ledige Kisten und Fässer in einem Zirkel um das Zelt herum, um es gegen einen plötzlichen Anlauf von Menschen oder Tieren zu befestigen. Als dies getan, vermachte ich die Türe des Zeltes inwendig mit etlichen Brettern, setzte aber eine ledige Kiste umgekehrt davor draußen, spreitete eines meiner Betten auf die Erde, legte meine zwei Pistolen recht zu Häupten und mein Rohr längs neben mich her, ging zum erstenmal zu Bette und schlief die ganze Nacht sehr ruhig, dann ich war trefflich müde und schläfrig, weil ich mit Abholung aller Dinge vom Schiff als deren Landung den ganzen Tag mich sehr angegriffen und abgemattet hatte.

Ich hatte meines Erachtens jetzo das größte Magazin von allerhand Sachen für einen Menschen, und war doch noch nicht vergnügt. Dann solange das Schiff in solcher Stellung bliebe, deuchte mich, ich tue recht, alles vollends, was ich nur könnte, daraus zu nehmen. Insonderheit aber brachte ich auf der dritten Reise so viel Tauwerk, dünne Stricke und Segeldraht, als ich nur habhaft werden konnte, nebst einem Stück vorrätiger grober Leinwand, womit man aufn Notfall die Segel ausbessern kann, wie auch das Fäßlein nasses Stückpulver zurücke. Summa, ich schleppte alle Segel, das größte mit dem kleinsten weg, außer daß ich sie in Lappen hauen und allemal so viel mitnehmen mußte, als ich auf einer Reise vermochte.

Was mich aber noch mehr vergnügte, war dieses, daß aufs allerletzte, nachdem ich fünf oder sechs dergleichen Reisen angestellt und nichts mehr, das meiner Bemühung wert wäre, auf dem Schiffe vermutet, ich annoch ein großes Oxhöft mit Brot, drei große Fäßlein mit Rum, eine Büchse mit Zucker und ein Tönnchen mit feinem Mehl gefunden. Dies kam mir recht wundernswürdig vor, weil ich die Hoffnung mehrern Proviants gänzlich aufgegeben hatte. Sofort leerte ich das Oxhöft mit Brot aus, wickelte es stückweise in Lappen von Segeln, die ich ausgeschnitten, und brachte auch dieses alles wohlbehalten ans Land.

Folgenden Tags begab ich mich abermals dahin. Und weil ich das Schiff an alle deme, was sich tragen und leichte ausbringen ließ, bereits rein ausgeplündert hatte, griff ich nun zu den Ankertauen, hieb das größte oder schwere Tau in solche Stücke, als ich fortbringen konnte, und verfuhr ebenso mit noch einem und dem Bootstau, nebst allem Eisenwerk, als ich nur habhaft werden konnte, und nachdem ich die große Blinderah samt der Besanrah und alles, was nur zu einem großen Floß dienlich, gekappt und losgeschnitten, lud ich alle diese schwere Sachen auf und stieß ab. Allein das vorige Glück setzte von mir aus. Denn die Maschine war so plump, so unbehülflich und dergestalt überladen, daß, als ich in die obgemeldte Bucht hinein gekommen und das Floß wegen seiner Schwere nicht so bequem als die vorige regieren konnte, es umschlug und ich mit allem Gut ins Wasser plumpte. Ich meinesteils hatte keinen sonderlichen Schaden, weil ich nahe am Land war, aber von meiner Ladung ging ein gut Teil zugrunde, insonderheit das Eisen, von dem ich doch großen Nutzen erwartet. Demungeacht zog ich bei abgelaufenem Wasser annoch die meiste Trümmer von den Ankertauen nebst einigem Eisenwerk, obwohl mit unsäglicher Mühe (dann ich mußte deswegen zu meiner Abmattung unter Wasser tauchen), aufs Land. Nach diesem schwamm ich noch ferner täglich an Bord und holete nach Hause, was ich konnte.

Ich war nunmehr schon dreizehen Tage auf dem Land, und alle mein Nachsinnen ging dahin, wie ich mich entweder gegen die Wilden, wofern sich einige angäben, oder gegen die Raubtiere, wann deren auf dem Eiland, verschanzen möchte. Es fiel mir allerhand ein, wie und wo ichs machen sollte. Ob ein Keller oder eine Höhle unter der Erde oder ein Zelt über derselben ratsamer: kurz, ich resolvierte zu allen beiden.

Ich merkte flugs, daß meine dermalige Gelegenheit zu einer beständigen Wohnung gar nicht taugte, insonderheit weil es auf einem morastigen Boden unweit dem Meer und meiner Meinung nach nicht allzu gesund sein möchte. Noch mehr aber, weil kein frisch Wasser in der Nähe. Also ward ich schlüssig, ein gesunderes und bequemeres Stück Land auszuspähen. Hierin sahe ich zuvörderst auf gesunde Luft und frisch Wasser, zweitens auf einen Schirm wider die Hitze, drittens auf die Sicherheit vor räuberischen Menschen und Tieren und dann viertens auf eine Aussicht nach der See, damit, wann mir Gott irgend einmal ein Schiff unter Augen kommen ließ, ich keinen Vorteil zu meiner Befreiung versäumen möchte.

Währendem Nachsuchen nach einer hierzu bequemen Gegend fand ich eine kleine Ebne neben einem kleinen Berg oder Hügel, dessen Vorderteil gegen der kleinen Ebne zu ganz steil als ein Haus, also daß vom Gipfel herab nichts zu mir herunter konnte. Auf der Seite dieses felsichten Hügels hatte es einen hohlen Platz hinein, eben wie einen Eingang oder Türe zu einem großen Keller. Doch war in den Felsen selber kein würklicher Keller oder Weg hinein. Auf dem Grasplatz nun, recht vor dieser Höhle, gedachte ich mein Zelt aufzuschlagen. Der Platz selber war nicht über hundert Schritt breit und ungefähr noch einmal so lang und lag nicht anders als ein Gärtchen vor meiner Türe, und an dessen Ecken ging der Weg hinab in den niedrigen Grund gegen der See zu. Gemeldter Platz lag an des Hügels Nordnordwestseite, daß ich also den ganzen Tag vor der Sonnenhitze Schirm hatte, bis sie gar nach dem Westen oder Norden herumgelaufen, welches in dasigen Gegenden erst gegen Abend oder Untergang geschiehet.

Ehe ich mein Zelt aufschlug, zog ich vor dem hohlen Platz oder Keller einen halben Zirkel, welcher in seinem halben Durchschnitt vom Felsen ab ungefähr zehen Schritt, vom Anfang aber bis zum Ende, im völligen Diameter, zwanzig Schritt ausmachte. In diesen halben Zirkel oder Mond steckte ich zween Reihen starke Stecken, die ich so lang in die Erde hinein stieß, bis sie als feste Pfähle dastunden.

Das dickste End war sechstehalb Fuß über der Erde und oben zugespitzt, beide Reihen aber stunden nicht über einen halben Schuh von einander. Zwischen diese zween Reihen Stecken nun legte ich die Trümmer, von denen im Schiff zerhauenen Kabeltauen, eins aufs andere, bis oben hinauf, spreißete andere Stecken inwendig etwa drittehalb Schuh hoch, gleich einem Strebepfahl an einem Pfosten, dagegen an und machte also meinen Zaun so stark, daß weder Menschen noch Tiere durchbrechen oder drüber hinkommen konnten. Dies kostete mich viele Zeit und Arbeit, besonders die Pfähle im Wald zu hauen, sie an den Ort zu schleppen und nachmals in die Erde hinein zu stoßen. Den Eingang zu diesem Platz machte ich nicht mit einer Türe, sondern kurzen Leiter, um darmit überzusteigen. Wann ich dann hinüber, zog ich die Leiter herauf und war, meiner Meinung nach, gegen alle Welt genug umzäunet und verschanzt, mithin schlief ich des Nachts ruhig, so ich sonsten nicht getan. In diesen Zaun oder Schanze nun schleppte ich, mit unsäglicher Arbeit, alle meinen Reichtum, Proviant, Munition und Werkzeug und errichtete ein großes Zelt, und zwar, um mich vorm Regen, der zur gewissen Jahreszeit allhier sehr gewaltig fällt, zu schützen, ein doppeltes, nämlich ein kleines inwendig und ein großes drüber, über welches letztere ich ein breites Stück grob gepichte Leinwand, so ich unter den Segeln mit geborgen hatte, legte. Unter dies Zelt legte ich meinen Proviant und alles, was keine Nässe vertragen konnte, und nachdem ich mein Gut solchergestalt eingeschlossen, machte ich den Eingang, welcher bisher offen geblieben, zu und stieg ein und aus, wie vor gedacht, auf einer kleinen Leiter.

Als dies vorbei, fing ich an, ein Loch in den Felsen hinein zu arbeiten, trug alle ausgegrabene Erd- und Steine durch mein Zelt hindurch, schüttete sie binne meinem Zaun wie eine Terrasse herum, also daß der innere Grund bei anderthalb Fuß höher wurde, und machte mir solchergestalt eine Höhle recht hinter meinem Zelt, welche mir für einen Keller zu meinen Hause dienete.

Zwischen aller dieser meiner Arbeit spazierte ich des Tags zum wenigsten einmal mit dem Rohr aus, sowohl zum Zeitvertreib, als auch zuzusehen, ob ich kein Wildpret vor mich anträfe, und zugleich, um allmählich zu erkundigen, was wohl auf dem Eiland wachsen möchte. Das erstemal gleich wurde ich wilde Ziegen zu meinem großen Vergnügen gewahr. Allein alsobald fand sich ein Unstern dabei ein, daß sie nämlich so scheu, so listig und so schnell auf den Füßen, daß es die größte Mühe von der Welt setzte, ihnen beizukommen. Doch schröckte mich dies noch nicht ab, zweifelte auch nicht, je und je ein Stück zu schießen. Wie sichs dann auch bald äußerte. Dann nachdem ich ihre Läger nur erst ein wenig ausgespähet, paßte ich ihnen folgendergestalt auf: ich beobachtete nämlich, daß sie, wann ich unten in den Tälern und sie gleich oben auf den Felsen, mich doch gewahr würden und in schröcklicher Furcht davon flöhen; ätzten aber sie sich in den Gründen und ich stünde auf den Felsen, so nähmen sie mich nicht in acht. Woraus ich schlosse, daß, ihrer Sehungskraft gemäß, ihr Gesichte so niederwärts gerichtet, daß sie die Dinge oberhalb ihnen nicht geschwinde erblickten. Demnach kletterte ich allemal erstlich auf die Felsen über sie hinauf und legte manches Stück schlafen. Im allerersten Schuß unter dieses Wild tötete ich ein Weiblein, welches ein junges Kitzlein, das noch saugete, bei sich hatte, zu meinem großen Leidwesen. Doch als die Alte fiel, stund das Junge neben ihm stockstill, bis ich kam und es aufnahm; ja nicht nur dieses, sondern wie ich die Ziege auf die Achseln schwung, trabete das Kitzlein hinter mir drein bis zu meinem Zaun oder Zwinger, worauf ich dann die Alte nieder legte, das Junge aber auf dem Arm über mein Pfahlwerk hinüber trug, in Hoffnung, es zahm und groß zu machen. Allein es wollte nicht fressen. Also mußte ichs würgen und selbst aufessen.

Meiner Rechnung nach wars der 30. September, als ich auf diesem förchtigen Eiland den ersten Fuß setzte. Nachdem ich etwa zehen oder zwölf Tage darauf gewesen, fiel mir ein, ich möchte aus Mangel Papiers, Federn und Tinte meine Zeitrechnung wohl gar verlieren und so endlich den Sonntag nicht mehr von andern Werkeltagen unterscheiden können. Dies zu verhüten, schnitte ich ihn mit meinem Messer in einen dicken Pfahl mit großen Buchstaben ein, machte ein großes Kruzifix daraus und setzte es auf das Ufer, wo ich zum erstenmal gelandet. Nämlich: Hier an Land gekommen den 30. September 1659. Auf den Seiten dieses viereckten Pfahls schnitte ich mit meinem Messer eine Kerbe, und allemal die siebente Kerbe war wieder ebenso lang als die übrige, und jeglicher erster Tag des Monats wiederum so lang als die Sonntagskerbe. Auf solche Art hielt ich meinen Kalender oder wöchentliche, monatliche und jährliche Zeitrechnung.

Ferner ist zu wissen, daß unter denen allerlei Sachen, so ich auf verschiedenen oben beschriebenen Reisen vom Schiff geholet, ich auch Unterschiedliches bekommen, das zwar an sich von keinem Wert, aber doch mir gar nicht unnützlich und das ich oben anzuzeigen nur vergessen habe. Besonders Papier, Feder und Tinte, etliche Bündel Schriften, so der Schiffer, Steuermann, Konstabel und Zimmermann gehabt, drei oder vier Kompasse, etliche mathematische Instrumente, Sonnenuhren, Ferngläser, Paßkarten, Seebücher, welche ich alle unter einander geworfen, ich möchte sie hernach brauchen oder nicht. Ich fand auch drei saubere Bibeln, welche unter meiner Ladung aus Engelland gekommen und ich unter meine andre Sachen gepackt hatte. Imgleichen etliche portugiesische Bücher und unter denselben ein paar katholische Gebetbücher, nebst verschiedenen andern Büchern, so ich alle sorgfältig aufgehoben. Nicht vergessen muß ich, daß wir auch einen Hund und zwei Katzen auf dem Schiff gehabt. Ich nahm beide Katzen mit mir, der Hund aber sprang von sich selbst ab dem Bord, schwamm Tags hernach, als ich mit meiner ersten Ladung landete, auch an Land und wartete mir viele Jahre treulich auf.

Nun fing ich an, mich darauf zu legen, die mir am meisten nötige Sachen zu verfertigen, als insonderheit einen Stuhl und Tisch. Dann ohne diese konnte ich das wenige Vergnügen, so ich in der Welt hatte, nicht genießen. Ich hatte mein Lebtag kein Handwerkszeug in meiner Hand gehabt und befand gleichwohl mit der Zeit durch Arbeit, Fleiß und Scharfsinnigkeit, daß mir nichts fehle, so ich nicht zu verfertigen geschickt, absonderlich, wo ich die Werkzeuge darzu hätte. Demungeacht machte ich sehr viele Dinge auch ohne Werkzeug, etliche auch mit nichts als einem Hobel und einem Beil, welche vielleicht niemals zuvor auf solche Art gemacht worden. Zum Exempel: wann ich ein Brett nötig hatte, war kein anderer Rat, als einen Baum fällen, ihn mit meiner Zimmeraxt auf beiden Seiten zu einer dünnen Diele behauen und endlich mit meinem Hobel vollends eben und glatt machen. Ich konnte zwar freilich auf solche Art aus einem ganzen Baum nur ein einziges Brett machen: allein da half nichts als Geduld, und ob es je entsetzlich viele Zeit und Mühe kostete, so war doch meine Zeit und Arbeit wenig wert, und so hatte ich sie doch noch wohl angewandt. Nichtsdestoweniger machte ich mir einen Tisch und Stuhl, und zwar aus den kurzen Bretterstücken, so ich auf meinem Floß vom Schiff gebracht hatte. Wann ich nun etliche Bretter auf obige Weise bearbeitet, machte ich anderthalb Fuß breite Simsen davon, einen über den andern, längs der Seite meines Kellers her, um alle mein Handwerkszeug, Nägel, Eisenwerk darauf, mit einem Wort, jedes Ding auf seine raume Stelle zu legen, daß ichs leicht wieder langen könnte. So schlug ich auch in die Wand des Felsen Stöcke hinein, um meine Flinten und andere Sachen mehr daran aufzuhängen. Gewiß, wer meinen Keller gesehen, würde ihn für ein Generalmagazin aller notwendigen Dinge gehalten haben; und ich hatte jedes so fertig zur Hand, daß es eine rechte Lust war, alle meine Güter in solcher Ordnung, und insonderheit, meinen Vorrat an allerlei Notdurft so groß zu sehen.

Der Mangel an Gerätschaft verursachte, daß alles, was ich machte, schwer und langsam vonstatten ging; und es dauerte meist ein ganzes Jahr, bis ich mein kleines Pfahlwerk oder umschlossene Wohnung vollendet hatte. Die Pfähle oder Stecken, welche so schwer waren, als ich gemächlich aufheben konnte, nahmen viel Zeit weg, bis ich sie im Wald ab und zurechte hieb, und noch mehr, sie so weit nach Hause schleppte. Also daß ich bisweilen zween Tage mit dem Hauen und Heimtragen einiger Pfosten und den dritten mit Einschlagen in die Erde zugebracht. Zu welchem Ende ich anfangs ein schweres Stück Holz brauchte, endlich aber auf die Hebeisen fiel, so zwar leichter anging, aber doch immerzu noch mit vieler Arbeit und Unlust verknüpfet blieb.

Als ich einst anfing, hinter meinem Zelt in den Felsen hinein zu graben, um mehrern Raum zu meiner Bequemlichkeit zu bekommen, fehleten mir drei Sachen sehr zu diesem Werk: nämlich eine Haue, eine Schaufel und ein Schubkarren oder Korb. Statt der Haue nahm ich ein Hebeisen, so sich darzu schon schickte, aber schwer war. Tags darauf, da ich im Wald nachsuchte, fand ich einen Baum, ungefähr von solchen, die wegen ihrer ungemeinen Härtigkeit in Brasilien nur die Eisenbäume genannt werden. Hievon hieb ich mit großer Arbeit ein Stück und schleppte es mit genugsamer Mühe nach Hause. Eben wegen der ungemeinen Härte dieses Holzes mußte ich mit diesem Gemächte lange Zeit zubringen. Dann ich bearbeitete es würklich nach und nach in die Form einer Schaufel. Noch mangelte mir was, dann ich hatte noch keinen Korb oder Schubkarren. Einen Korb wußte ich durchaus nicht zu machen, indem ich nichts von Gerten oder Ruten, wie die Korbmacher brauchen, bei der Hand oder zum wenigsten noch nicht ausgefunden hatte. Den Schubkarren zu machen, dachte ich, sollte mir alles noch wohl möglich sein, bis aufs Rad. Aber das verstand ich nicht und wußte nicht, wie ichs angreifen sollte. Also gab ichs auf und machte mir, zu Wegtragung der im Keller ausgegrabenen Erde, eine Art einer hölzernen Mulde, worin die Handlanger denen Mäurern den Mörtel zutragen. Dies kam mich so schwer nicht an als die Schaufel; und gleichwohl kostete mich diese Arbeit, samt dem vergeblichen Versuch mit dem Schubkarren, über vier Tage.

Währender Zeit verrichtete ich meine Gänge in den Wäldern nach Wildpret alle Tage, wanns der Regen zuließ, und entdeckte unterm Spazieren öfters ein und andere Dinge zu meinem Besten. Insonderheit fand ich eine Art wilde Tauben, welche nicht wie die unsrigen in Bäumen, sondern vielmehr in den Höhlen oder Löchern der Felsen nisten. Ich nahm etliche Junge aus und zog sie zahm, allein als sie älter wurden, flogen sie alle weg, was vielleicht aus Mangel des Futters herrührete, dann ich hatte ihnen nichts zu geben. Demungeacht fand ich manchmal ihre Nester, nahm die Jungen weg und machte mir davon ein herrliches Essen.

Meine liebe Not hatte ich mit den Lichtern, also daß, sobald es dunkel ward, ich insgemein des Abends um sieben Uhr zu Bette gehen mußte. Ich dachte an den Wachsklumpen, woraus ich auf meiner afrikanischen Wallfahrt Lichter gemacht. Allein ich hatte dessen nun keines. Das einzige Mittel war, daß ich, wann ich eine wilde Ziege schoß, Talg aufhub und mit einem kleinen Schüsselchen von Lehm, so ich an der Sonne gebacken und worein ich einen Docht von ausgezausetem Schiffswerg steckte, mir eine Lampe machte. Dies gab mir Helle, aber nicht so klar, gleich und beständig im Brennen als ein Licht. Mitten unter alle meiner Arbeit geschahe es, daß ich beim Durchstören meiner Sachen einen kleinen Beutel fand, welcher mit Hühnerfressen angefüllet gewesen. Das wenige Überbleibsel vom Korn war alles von Ratzen gefressen, und ich sahe nichts im Beutel als Hülsen und Staub, und als ich den Beutel zu sonst was zu brauchen gedachte, schüttete ich die Kornhülsen an eine Seite meiner Festung unter den Felsen aus.

Es war kurz vor der großen Regenzeit, daß ich diesen Staub wegschüttete und auf nichts acht gab, ja nicht einmal mich erinnerte, etwas dahin geschüttet zu haben, so erblickte ich nach einem Monat oder ungefähr etliche wenige Halme irgendeiner Saat aus der Erde aufkeimend, so ich für ein Gewächs hielte, das ich etwa noch nicht gewahr worden. Allein ich war völlig verwundert und erstaunet, als ich etwas länger hernach zehen oder zwölf Ähren von der Gattung unsrer engelländischen Gersten ausbrechen sahe. Es ist leicht zu erachten, daß ich die Ähren von dieser Frucht bei ihrer Zeitigung, etwa gegen Ausgang des Junii, sorgfältig abgeschnitten und jegliches Körnlein verwahrlich hingelegt, um sie nachgehends mit einander wieder zu säen, in Hoffnung, mit der Zeit einen genugsamen Vorrat zu Brot zu ernten. Allein es währete bis ins vierte Jahr, ehe ich das geringste Körnlein davon zum Essen brauchen konnte, und noch darzu sehr sparsam. Dann es ging mir die ganze Saat das erste Jahr zugrunde, weil ich die rechte Zeit nicht in acht nahm, sondern es recht vor der dürren Jahrszeit säete, also daß nie alles, oder wenigstens so nicht, als es tun können, aufgekommen.

Ohne diese Gerste stunden allda auch zwanzig bis dreißig Reisstengel, welche ich mit eben solcher Sorgfalt aufhub und zu eben dem Gebrauch bestimmete, nämlich Brot daraus zu backen oder vielmehr ein Essen davon zu machen, maßen ich ein Mittel erfunden, es zu kochen ohne backen, wiewohl ich dieses letztere auch nach Verlauf einiger Zeit getan.

Nunmehr war ich auf diesem unsäligen Eiland bei zehen Monaten gewesen, alle Möglichkeit einer Erlösung aus diesem Zustand schiene mir gänzlich benommen zu sein, und ich glaubte festiglich, es hätte nie kein menschliches Geschöpfe seinen Fuß auf diesen Ort gesetzt. Da ich nun meine Wohnung völlig nach meinem Sinn eingerichtet, hatte ich großes Verlangen, eine noch vollkommnere Entdeckung der Insul vorzunehmen und zu sehen, was für mir jetzo noch unbekannte Gewächse mehr ich etwa darauf antreffen möchte.

Es war der 15. Julii, als ich genauere Besichtigung des Eilandes anstellte. Anfangs ging ich an der Anfurt hinauf, wo ich allemal mit meinen Flößen gelandet. Als ich etwa ein paar Meilen daran hinauf gewandert, befand ich, daß die Flut nicht höher ginge, sondern daselbst nichts als ein kleiner Bach von fließendem Wasser, recht frisch und gut. Doch weils eben die trockne Zeit, war kaum etwas Wasser darinne oder zum wenigsten nicht so viel, da ein merklicher Strom davon rinnen könnte. Am Gestade dieses Baches lagen viele anmutige Savannas oder Wiesen, eben, angenehm und mit Gras bewachsen: und wo der Boden höher lag und, wie zu vermuten, nie überschwemmet wurde, fand ich einen ziemlichen Vorrat an Tobak, grün und zu einem großen, dicken Stengel aufschießend. Noch stunden da verschiedene andre Pflanzen, die ich aber nicht verstunde und vielleicht mir unbekannte Tugenden haben mögen.

Folgenden Tags marschierte ich den vorigen Weg, und als ich ein wenig weiter als Tags zuvor, sahe ich, daß der Bach und die Savannas sich endigten und das Land waldichter würde als vorher. In dieser Gegend fand ich verschiedene Früchte, insonderheit Melonen aufm bloßen Erdreich in Menge und Trauben auf den Bäumen. Die Stöcke hatten sich würklich ganz über die Bäume hinaus gebreitet, und die Trauben waren eben jetzo in ihrem Besten, zeitig und voll. Dies war für mich eine wundernsvolle, aber auch recht frohe Entdeckung. Weil ich aber durch Erfahrung gewitziget worden, sparsam davon zu essen, in Erinnerung, daß, da ich in der Barbarei an Land gewesen, durch Traubenessen viele unsrer engelländischen Landsleute den Durchlauf und das Fieber davon bekommen und daran gestorben, so erfand ich ein herrliches Mittel, die Trauben zur Gesundheit einzurichten. Ich trocknete sie nämlich an der Sonne und verwahrte sie wie Zibeben oder lange Rosinen, die ich vor sowohl gesund als angenehm zu essen hielte, wann keine frische mehr zu haben.

Ich brachte den ganzen Abend daselbst zu und kam nicht nach Hause zurücke, welches die erste Nacht war, daß ich von Hause geschlafen. Des Nachts tat ich wie gleich anfangs auf dem Eiland. Ich schlief nämlich auf einem Baum ganz wohl, begab mich den andern Morgen zu neuer Entdeckung, wanderte, es nach der Länge derer Täler zu rechnen, bei vier englische Meilen und ging immerzu nordwärts an, da ich auf der Mittags- und Morgenseite eine Reihe Berge vor mir hatte. Zu Ende dieses Marsches gelangte ich an eine Öffnung, allwo das Land sich nach dem Westen hinab zu ziehen scheinet, und den andern Weg, nämlich östlich, lief eine mäßige Quelle frischen Wassers, so aus der Seite des Hügels neben mir entsprungen; und das Land ließ so grün, so blühend und alle Dinge in einer beständigen Grünigkeit oder Frühlingsfarbe, daß es einem gepflanzten Garten gleichte.

Ich stieg an diesem anmutigen Tal ein wenig hinab und übersahe es mit einer Art einer heimlichen Vergnügung (die mir doch meine übrige Sorgen versalzten), indem ich dachte, es gehöre alles mir, ich sei unstreitig von diesem Lande König und Herr und hätte das Besitzungsrecht, und wann ichs anderwärts hin mitnehmen könnte, würde ich davon ebenso ein vollkommener Meister als irgend ein Lehensherr über ein Gut in Engelland sein. Ich sahe hier einen Überfluß an Kokospomeranzen und Zitronenbäumen, aber sämtlich wild und sehr wenig mit Früchten, zum wenigsten damals. Demungeacht waren mir die grüne Zitronen nicht nur angenehm, sondern auch gesund, und ich mischte ihren Saft nachgehends mit Wasser, wordurch es sehr gesund, kühlend und erquickend wurde.

Jetzo merkte ich wohl, würde ich genug zu sammeln und nach Hause zu tragen haben, und beschloß, sowohl von Trauben, als von süß- und sauren Zitronen auf die trockne Zeit, die ich in der Nähe wußte, einen Vorrat aufzulegen. Zu dem Ende sammelte ich einen großen Haufen Trauben an einem Ort und einen kleinern an einem andern, nebst einem ziemlichen Vorrat von allerhand Zitronen am dritten. Etliche wenige nahm ich auch mit nach Hause, des Vorhabens, einen Beutel oder Sack mitzubringen und den Rest gleichfalls nach meiner Wohnung zu tragen.

Nachdem ich nun auf dieser Reise drei Tage zugebracht, kam ich nach Hause. Dann so muß ich jetzo mein Zelt und meinen Keller nennen. Ehe ich aber noch dahin gelangte, waren die Trauben wegen der Größe, Saftigkeit und Schwere entzwei geborsten, daß ich sie zu wenigem oder gar nichts brauchen konnte. Die Zitronen zwar hielten sich noch, allein ich konnte deren auf einmal nur wenige nach Hause schleppen.

Folgenden Tags ging ich von Hause mit zween Beuteln oder Säcken, mein Erobertes aufzuheben. Allein ich mußte mich sehr wundern, als ich zu meinem Haufen Trauben kam, welche beim Abbrechen so voll und durchsichtig gewesen, nun alle zerstreuet, in Stücke zerstoßen, und hier- und darhin geschleppet, auch deren eine Menge aufgegessen und verzehret worden. Woraus ich schloß, es müsse irgend ein wildes Tier in der Nähe gewesen sein, so es getan. Was für eines es aber eigentlich gewesen, wußte ich nicht. Demungeacht, weil ich sahe, daß sie sich nicht wohl in Haufen auflegen, aber auch in keinem Sack forttragen ließen (weil sie auf den ersten Fall verfaulen und auf den andern durch ihre eigne Schwere zerquetschet würden), ersann ich ein ander Mittel. Dann ich sammelte deren einen großen Haufen und hängte sie an die Äste der Bäume auf, daß sie da gären und an den Sonnen trucknen möchten. Hingegen von den klein- und großen Limonen schleppte ich so viele nach Hause, als mein Rücken tragen konnte.

Nach meiner Heimkunft von dieser Verrichtung betrachtete ich mit großem Vergnügen die Fruchtbarkeit dieses Tals und dessen anmutige Lage, die Sicherheit vorm Sturm an dieser Seeseite, und schloß daraus, ich hätte meine Wohnung an einem Ort aufgeschlagen, welcher wohl der schlechtste im ganzen Lande seie. Alles nun wohl erwogen, fing ich an, darauf zu denken, meine Wohnung anderwärts hin zu setzen und mich nach einem Platz umzusehen, der ebenso sicher als mein jetziger und zugleich wo möglich in diesem lustigen und fruchtbaren Teil der Insul läge.

Diese Gedanken lagen mir lange im Sinn, und ich war eine gute Weile darauf erpicht, weil mich die Anmut der Gegend dazu reizte. Als ichs aber näher überleget und erwogen, daß ich gegenwärtig an der Seeseite, wo es zum wenigsten möglich, daß sich etwas zu meinem Vorteil ereugnen und vielleicht durch eben das Schicksal, welches mich hierher gebracht, noch irgend jemand dahin verschlagen werden könne: auch seie doch die Einschließung meiner zwischen Berge und Wälder in der Mitte des Eilands fast eben so viel als ein Gefängnis, worin ich mich vor der Zeit stürzte, und ich machte dadurch obige Hoffnung nicht allein unwahrscheinlich, sondern auch gar unmöglich. Müßte ich demnach durchaus nicht wegziehen.

Demungeacht war ich in diese Gegend so verliebt, daß ich den ganzen übrigen Julii Monat da blieb; und ob ich wohl nach reiferer Überlegung schlüssig wurde, nicht weg zu ziehen, bauete ich mir doch eine Laube oder Sommerhaus und umzäunete es in gewisser Weite mit einem starken doppelten Zaun, so hoch ich nur langen konnte, von dicken Stecken, mit Buschwerk ausgefüllt. Hier schlief ich ganz sicher, manchmal zwei bis drei Nächte an einander, und stieg allezeit wie bei meiner rechten Wohnung über eine Leiter hinein. Also daß ich mir nun einbildete, ich hätte hier mein Landhaus und dann meinen Palast an der See. An diesem Werk arbeitete ich bis zu Anfang des Augusti.

Mein Zaun war eben fertig, und ich hatte meiner Mühe hieselbst noch nicht allzulange genossen, so stellte sich die Regenzeit ein und vertrieb mich nach meiner alten Wohnung. Dann ob ich mir schon hier wie dorten aus einem Stück Segeltuch ein Zelt aufgerichtet und es ganz stark befestiget, hatte ich doch den Schirm von dem Hügel zu Abhaltung des Sturmwindes nicht, auch keinen Keller hinter mir, darein ich mich, wann es allzustark vom Himmel gosse, verkriechen mögen.

Zu Anfang des Augusti war meine Laube fertig, und ich fing an, mir gütlich zu tun. Den dritten befand ich, daß die aufgehängete Trauben vollkommen dürre und den besten getrockneten langen Rosinen gleich. Also nahm ich sie ab und tat sehr wohl daran, maßen der darauf erfolgte Regen sie unfehlbar verderbet hätte, und ich also um den besten Teil meines Winterproviants gekommen wäre. Kaum hatte ich sie alle abgenommen und die meisten davon heim nach meinem Keller getragen, so fings an zu regnen und kontinuierte so vom 14. Augusti, jeden Tag bald mehr bald weniger, an einander fort bis mitten in den Oktober, und zwar manchmal so gewaltig, daß ich etliche Tage keinen Fuß zum Keller hinaus setzen konnte.

Den 30. September als das unglückfälige Jahrgedächtnis meiner hiesigen Landung feierte ich als ein großes Fest, sonderte ihn aus zu gottsäligen Übungen, warf mich in tiefster Demut zur Erden nieder, beichtete Gott meine Sünden, erkannte seine gerechte Gerichte über mich, flehete ihn an, mir Gnade und Barmherzigkeit zu erweisen durch Christum; und indem ich zwölf ganze Stunden bis nach der Sonnen Untergang nichts in den Mund genommen, aß ich nunmehr einen Zwieback samt einem Bund Trauben, ging zu Bette und beschloß dies Fest so, wie ichs angefangen.

Nunmehr wurde ich der nassen und der trocknen Monate so gewohnt, daß ich genau ihre Zeit und mich mit meinen Anstalten dagegen zu verwahren wußte. Allein ich mußte allemal vorher Lehrgeld geben, wann ich etwas lernen wollte, und was ich gleich erzählen will, war eines von denen, so mir am meisten zu tun machte. Ich habe schon vormals berichtet, daß ich etliche Gersten- und Reiskörner davongebracht, und mögen etwa dreißig Reisstengel und zwanzig Gerstenähren daraus gewachsen sein. Diese dachte ich jetzo, da die Sonne in ihrer südlichen Stellung von mir hinweg und die nasse Zeit vorüber, auszusäen die beste Zeit zu sein.

Demzufolge grub ich mit meiner hölzernen Schaufel ein Stück Erdreich, so gut sichs tun ließe, um, teilte es in zween Äcker ab und säete meine Früchte darein. Doch indem ich eben darin begriffen, fällt mir ein, ich sollte es anfangs nicht alles mit einander wagen, weil ich die eigentliche Zeit darzu ja noch nicht wüßte. Säete demnach ungefähr ein Drittel und behielt von einer jeden Gattung etwa eine Handvoll.

Mein großes Glück erwiese sich nachmals zu sein, daß ichs so gemacht, maßen alle dies Ausgesäete gar schlecht geraten. Dann weil in den drei folgenden trocknen Monaten die Erde nach dem Säen keinen Regen bekam, mangelte der Saat die Feuchtigkeit und schoß gar nichts auf, bis die nasse Jahreszeit wieder herbei und es nun erst, gleichsam als eine ganz frische Saat, heraus trieb. Auf Ersehen, daß es mit meinem ersten Säen nicht fort wollte, suchte ich einen feuchten Grund zu einer neuen Probe, grub einen solchen unweit meinem Landhause um und säete mein übriges Korn im Februario bloß vor der Aequinoctio vernali aus. Weilen nun die Regenmonate Martius und Aprilis darauf folgten, lief es sehr lustig auf und trug reichlich Frucht. Doch da ich nur einen Teil übrig gehabt und auch jetzo noch nicht allen Vorrat vollends aufs Spiel setzen durfte, mochte das ganze Eingeerntete beiderlei Gattung nicht viel über eine halbe Metze betragen. Allein ich wurde durch diesen Versuch endlich doch des Dinges Meister und lernte die eigentliche Säezeit vollkommen, imgleichen, daß ich jährlich zweimal zu säen und auch zweimal zu ernten hätte.

Während dies Korn im Wachsen begriffen, entdeckte ich etwas, so mir nachgehends Nutzen schaffte. Sobald nämlich der Regen vorbei und sich das Wetter wiederum gesetzet, was ungefähr im November geschahe, nahm ich einen Spaziergang vor nach meinem Lusthause ins Land hinauf und fand, meiner mehrmonatlichen Abwesenheit ungeachtet, alle Dinge daselbst gleichwohl noch im vorigen Stande. Der Umfang oder der doppelte Zaun war nicht nur fest und ganz, sondern die Stecken, welche ich von etlichen Bäumen da herum abgeschnitten hatte, waren alle in lange Zweige, eben wie die Weidenbäume, wann ihnen des Jahrs zuvor der Gipfel abgeschnitten worden, ausgeschlagen. Wie diese Bäume, von denen ich die Stecken abgeschnitten, geheißen, wußte ich nicht. Indessen wunderte und ergötzte michs sehr, die junge Bäumchen also wachsen zu sehen, beschnitt sie ordentlich, ließ sie so grade als möglich wachsen, und ist kaum gläublich, was für ein schönes Ansehen sie innerhalb dreier Jahre gewonnen, also daß, obgleich der Zaun einen Kreis von etwa fünfundzwanzig Schritten im Durchschnitt ausgemacht, die Bäume, dann so mag ich sie nun wohl nennen, dennoch bald drüberhin gewachsen und mir einen genugsamen Schatten alle die trockne Zeit über gewähret.

Dieses bewog mich, noch mehr Stecken oder dünne Pfähle zu schneiden und mir eben einen solchen Zaun in einem halben Zirkel um die Mauer meiner ersten Wohnung herum zu machen. Also pflanzte ich diese Stecken oder Bäume in doppelter Reihe etwa acht Schritte von meinem ersten Zaun, sie wuchsen auch alsobald, und wurde anfangs eine dünne Decke über meine Wohnung, nachmals aber dienten sie gar zu meiner Beschützung.

In dieser Zeit fand ich genug vor mich zu tun, worzu sich auch die Umstände wohl schickten. Dann ich merkte nun erst, daß ich viele Sachen nötig hätte, die ich mir doch nicht anders als mit großer Arbeit und Fleiß anzuschaffen wußte. Insonderheit versuchte ich allerhand Arten, einen Korb zu verfertigen. Allein die Gerten oder Spießruten, so ich hier und dar abgeschnitten, waren alle so mürbe, daß sie nichts taugten. Also erhub ich mich eines Tages zu meinem sogenannten Landhause, schnitt etliche dünne Zweige ab und fand sie zu meinem Vorhaben ganz bequem, worauf ich bald hernach mit einem Beil eine ziemliche Menge abhieb. Diese trocknete ich innerhalb meines Zaunes, trug sie, nachdem sie dürre genug, in meinen Keller und flochte daselbst in der nassen Zeit, so gut ich konnte, viele Körbe, sowohl Erde darin zu tragen, als auch Sachen aufzuheben; ob sie mir nun eben nicht allzu geschickt geraten, dieneten sie mir doch sehr zu meinem Zweck. Als sie auch abnutzten, verfertigte ich mir andre, insonderheit starke tiefe Körbe, um mein Korn, wann ich dessen viel einerntete, statt der Säcke, darein zu schütten. Ich brachte den ganzen Sommer oder die trockne Zeit mit Pflanzung meiner zweiten Reihe Stecken oder Pfähle und mit diesem Korbflechten zu.

Nunmehr war die nasse Zeit des Spätlings herbei, und ich feierte den 30. September ebenso als das erstemal, maßen es das Jahrgedächtnis meiner Landung auf dieser Insul, worauf ich nun zwei Jahre, und ebensowenig Hoffnung einer Befreiung als den ersten Tag hatte. Den ganzen Tag brachte ich zu mit demütiger und dankvoller Erkenntnis so mancher wunderbaren Wohltaten Gottes, ohne welche ich noch tausendmal elender gewesen. Jetzo fing ich an, empfindlich wahrzunehmen, wieviel glückseliger mein jetziges Leben bei allen seinen armsäligen Umständen sei, als mein voriger ruchloser und verdammter Wandel gewesen; und ich veränderte nunmehr beides, meine Sorgen und meine Freuden. In solcher Gemütsbeschaffenheit trat ich in mein drittes Jahr; und ob ich wohl dem Leser nicht mit allen besondern Dingen beschwerlich fallen mag, beliebe man doch zu glauben, daß ich selten müßig gewesen. Sondern nachdem ich meine Zeit in verschiedene tägliche Geschäfte ordentlich eingeteilet, erstlich in meine Pflicht gegen Gott und Lesung in der Heiligen Schrift, zu deren ich alle Tage drei besondere Zeiten ausgesetzt; zweitens zur Jagd mit der Flinte, wormit alle Morgen, wanns nicht regnete, drei Stunden hingingen; drittens in die Anordnung, Zurichtung, Verwahrung und Kochung meines Wildprets, mithin ein guter Teil des Tages damit zugebracht wurde; so ist überdies zu bemerken, daß am mittlern Teil des Tages, wann die Sonne am höchsten stunde, wegen der Gewalt der Hitze an kein Ausgehen zu gedenken gewesen, mithin alle Zeit zur Arbeit etwa auf vier Stunden des Abends ausgelaufen, bloß mit dieser Ausnahme, daß ich meine Jagd- und Arbeitstunden bisweilen verändert und die letzte manchmalen auf den Morgen, die erste auf den Nachmittag verlegt.

Ich wartete nunmehr im November und Dezember auf meine Gersten- und Reisernte. Der von mir darzu umgegrabene Grund war nicht groß, maßen alle meine Aussaat von jeglichem nicht über eine halbe Metze betragen, nachdem ich, wegen Aussäung derselben in den trocknen Monaten, die ganze erste Saat eingebüßet. Jetzo aber, da sichs trefflich anließ, äußerte sichs, daß ich befürchten mußte, wieder um alles auf einmal zu kommen, und zwar durch Feinde, die ich nicht leicht abhalten konnte. Erstlich zwar durch die wilde Ziegen und diejenige Tierchen, so ich Hasen nannte, welche wegen der süßen Blättchen Tag und Nacht darin lagen und es dermaßen abfraßen, daß es keine Zeit gewinnen konnte, in volle Stengel aufzuschießen. Hierwider sah ich kein Mittel als eine Umzäunung mit einer dicken Hecke, so mich viel Mühe kostete, weil es Eile erforderte. Doch weil mein Land nur klein, ließ sichs in drei Wochen ganz enge umzäunen. Dabei schoß ich etliche dieser Gäste bei Tag und band meinen Hund des Nachts an einen Pfahl bei der Türe, um die ganze Nacht zu wachen und zu bellen. Auf solche Art verließen die Feinde den Ort, das Korn wuchs stark fort und schickte sich allmählich zur Zeitigung. Doch als meine Frucht zu Ähren gelanget, wurden ihr die Vögel sehr gefährlich. Dann als ich darnach sehen wollte, wie sie triebe, fand ich eine Menge Vögel von unbekannter Sorten darauf lauern. Gleich gab ich Feuer darunter (dann ich hatte das Rohr allezeit bei mir), und indeme flog noch darzu eine kleine Wolke von lauter großen Vögeln aus dem Korn heraus. Dies tat mir sehr wehe. Dann ich merkte zum voraus, daß sie in wenig Tagen alle meine Hoffnung zernichten, ich aber Hunger leiden und niemals keine solche Ernte mehr zuwegen bringen würde. Und was alsdann zu tun? Also beschloß ich, meine Frucht nicht verderben zu lassen, wann ich auch Nacht und Tag dabei wachen sollte. Erstlich ging ich drein hinein, um zu sehen, was für Schaden allbereits geschehen, befand auch, daß sie ein ziemlich Teil verderbet, doch weil es noch zu grün vor sie, schien der Schaden noch so groß nicht, und das übrige, wo es davon käme, noch einer ziemlichen Ernte ähnlich. Ich stund eine Weile da, meine Flinte zu laden, und sahe darauf im Weggehen ganz deutlich diese Diebe auf allen Bäumen neben mir herum sitzen, nicht anders, als warteten sie nur auf meinen Abschied. Der Ausgang wiese es auch. Dann als ich vor mich hin ging, als ob ich gar ab marschieren wollte, und bloß aus ihrem Gesichte war, so flog einer nach dem andern wieder ins Korn hinein. Dies erzürnte mich dermaßen, daß ich nicht länger warten konnte, sondern zum Zaun hin ging, nochmals Feuer gab und ihrer dreie schlafen legte. Hiemit hatte ich meinen Wunsch. Ich hub sie auf und tat mit ihnen, wie man mit öffentlichen Dieben in Engelland tut, nämlich ich hängte sie, den andern zum Schrecken, an Schnüren auf. Es läßt sich unmöglich einbilden, daß dieses so viel gegen sie vermocht. Dann die übrige kamen nicht nur nicht wieder ins Korn, sondern verließen in kurzem sogar dieses ganze Stück des Eilandes, und ich konnte nicht einen einzigen mehr da herum sehen, solang meine Vogelscheue da hing. Dieses war mir überaus lieb, und ich erntete gegen das Ende des Dezembers, als in unserm zweiten hiesigen Herbst, mein Korn glücklich ein.

Anfangs wußte ich wegen Mangel einer Sense oder Sichel nicht, wie ichs abmähen sollte, endlich aber verfertigte ich eine, so gut sichs schickte, von einem breiten Degen oder kurzen Säbel, den ich unter anderm Gewehre aus dem Schiff geborgen hatte. Doch da meine erste Ernte nicht groß, brauchte das Mähen eben auch keine sonderliche Mühe. Kurz, ich schnitte es ab nach meiner Weise, nämlich bloß die Ähren, trugs in einem großen Korb nach Hause, zupfte sie mit meinen Händen ab und befand nach geschehener Arbeit, daß ich aus meiner halben Metze Samen bei zwei Scheffel Reis und über drittehalb Scheffel Gerste überkommen.

Mir wars in der Tat ein großer Trost, und ich sahe schon im voraus, Gott werde mich mit der Zeit mit Brot reichlich versorgen. Aber dabei fand ich gleichwohl eine neue Not. Dann ich wußte nicht, wie ich mein Korn mahlen und also Mehl daraus machen; ja nicht einmal, wie ichs säubern und teilen, noch wie ich aus dem Mehl selber Brot und wann auch dieses, wie ichs endlich backen sollte. Dieses alles samt dem Verlangen, einen guten Vorrat dessen zu bekommen, brachte mich zu dem Entschluß, von diesem Jahrgang nichts anzugreifen, sondern es alles zur Saat aufs Vorjahr aufzubehalten und mittlerweile alle mein Nachsinnen darauf zu wenden, wie ich mich mit genugsamem Korn und Brot versehen möge. Jetzo konnte ich mit Wahrheit sagen, daß ich um mein Brot gearbeitet. Erstlich hatte ich keinen Pflug, das Land umzuackern, noch ein Spaten zum Umgraben. Dies überwand ich zwar durch obangeregte Schaufel, allein es war auch nur hölzern Werk, und ob michs gleich manchen lieben Tag gekostet, nützte sie sich doch nicht nur aus Mangel des Eisens geschwinder ab, sondern machte mir die Arbeit auch schwerer und das Ding selber desto schlechter. Nichtsdestoweniger arbeitete ich mich heraus und war mit der Mühe selber und der schlechten Anstalt zufrieden. Als das Korn gesäet, hatte ich keine Egge, sondern mußte selber es hinunter stampfen und einen großen, schweren Baumast drauf herum schleppen, um es mehr hinein zu kratzen als hinein zu scharren oder zu eggen. Nachdem es aufgeschossen und groß gewachsen, ist schon angeführet, wie viele Dinge mir gemangelt, es zu umzäunen, zu verwahren, zu mähen und einzuernten, zu säubern, nach Hause zu tragen, zu dreschen, von den Spreuen zu sondern und zu schwingen; hiernächst fehlte mir eine Mühle zum Mahlen, Siebe zum Reinigen, Gäscht und Salz zum Ansäuern und ein Ofen zum Backen. Und gleichwohl verrichtete ichs alles ohne diese Dinge; und das Korn war mir ein unschätzbarer Trost und Vorteil. Dies alles machte mirs insgesamt mühsam und verdrießlich und half doch nichts davor; so war auch nicht viel Zeit darzu übrig, weil jedem Teil des Tags seine Arbeit angewiesen. Weil ich nun ehe von diesem Korn nichts zum Brotbacken anwenden wollte, bis ich einen größern Vorrat unter Händen hätte, mußte ich das nächste ganze halbe Jahr hindurch darauf sinnen und arbeiten, mir solche Gerätschaft anzuschaffen, als mir zum nützlichen Gebrauch des erwartenden Feldsegens nötig.

Vor allen Dingen aber wollte ich mehr Land zurechte machen, weil ich nunmehr Saatkorn genug für mehr als einen Morgen Feldes hatte. Ehe dies geschahe, mußte ich wenigstens eine Woche an einem Spaten arbeiten, welcher, da er fertig, noch stümperhaft genug, dabei sehr schwer und doppelte Arbeit erforderte. Dem allem ungeacht drang ich durch und säete mein Korn auf zwei große, ebne Stücke Feldes so nahe an meinem Hause, als sichs nur schicken wollte, umzäunete sie mit einer guten Hecke aus dem Holze, von dem ich wußte, daß es schnell ausschlagen, mithin in Jahresfrist eine lebendige Hecke haben würde. Hiemit brachte ich gleichwohl ein ganzes Vierteljahr zu, weil es meist nasse Zeit, da ich nicht ausgehen konnte.

Daheime fand ich in den Regenmonaten zu tun genug. Unter andern hatte ich lange darauf studieret, einige irdene Geschirre zu verfertigen, deren ich großen Mangel und doch keine Wissenschaft hatte. Ich zweifelte nicht, solchen Lehm auszufinden, aus dem ich einen solchen Topf zusammen stümpern könnte, der sich in der Sonne hart genug backen, kühnlich anfassen und trockene Sachen nicht verschimmeln ließ. Also beschloß ich einen so großen zu machen, als nur möglich, der gleich einem Krug da stünde und einen ziemlichen Haufen in sich fassete.

Ich wollte gerne, daß der geneigte Leser mich bedauerte oder vielmehr auslachte, wann ich ihm erzähle, wie kurzweilig ichs mit meinem Töpferteig angegangen, wie häßliche, unförmliche Dinge ich daraus gemacht, wie manche davon ein- und ausgefallen, weil der Lehm nicht zäh noch steif genug, seine eigne Schwere zu tragen, wie manche mir durch die übermäßige Hitze der Sonnen geborsten, und wie viele von einander gefallen, da ich sie nur von der Stelle bringen wollen, da sie schon getrocknet gewesen. Kurz: wie ich erstlich schwere Arbeit gehabt, den Lehm auszufinden, aufzugraben, zu stampfen, mit Sand zu vermischen, heimzutragen und vollends zu bearbeiten. Gestalten ich mit zweimonatlicher Bemühung nicht mehr als ein paar große, ungestalte irdene Dinger, die ich je keine Krüge nennen kann, zuwegen gebracht. Weil die Sonne diese beide sehr trocken und hart gebacken, hub ich sie ganz sachte auf und setzte sie wieder in ein paar große geflochtene Körbe, die ich eben dazu verfertiget, damit sie nicht entzwei gingen. Weil nun zwischen dem Topf und dem Korb ein wenig Platz übrig, stopfte ichs voll Reis- und Gerstenstroh, und indem diese beide Töpfe beständig trocken stunden, hoffte ich, daß mein Korn und vielleicht auch das Mehl aus dem zerstoßenen Korn trocken darin bleiben würden. Uneracht mirs mit meinen großen Töpfen so schlecht geraten, machte ich doch verschiedene kleinere Gefäße desto glücklicher und behender: nämlich kleine runde Töpfe, flache Schüsseln, kleine Krüglein und Töpfchen und was ich sonsten nur angriffe, und die Sonnenhitze backte sie alle sehr hart.

Allein damit hatte ich meinen Zweck noch nicht erreicht, welcher auf einen irdenen Topf ging, worin ich nasse Sachen verwahren und den ich ans Feuer setzen könnte, wozu alle vorige noch nicht taugten. Nach Verfließung einiger Zeit aber begabs sichs, daß ich bei Kochung meines Essens, bei ziemlich großem Feuer, wie ichs wegnahm, eine zerbrochene Scherbe meiner irdenen Geschirre so hart als Stein und so rot als einen Ziegel sahe. Dies setzte mich in eine angenehme Verwunderung, und ich sagte zu mir selber, wann sich ein Stück davon brennen lasse, werde es ja mit einem ganzen auch wohl angehen. Eben darum sann ich jetzo nach, wie ich das Feuer so anlegen müßte, daß ich etliche Töpfe dabei brennen könnte. Ich verstund mich nicht auf einen Brennofen, darin die Töpfer ihre Ware backen, noch auf das Glasieren, unerachtet ich Blei darzu gehabt, sondern setzte nur drei weite Häfen oder Pötte und ein paar andre Töpfe säulenweise auf einander, legte mein Brennholz rundherum und einen großen Haufen heiße Asche drunter, häufte das Feuer mit mehrerm Holze außen herum bis oben an, bis ich sahe, daß die Töpfe inwendig durchaus feuerrot und doch keiner zersprungen. Als ich erst des wahrgenommen, daß sie ganz durchrötet, ließ ich sie fünf bis sechs Stunden in der Hitze stehen, bis ich merkte, daß einer davon zwar nicht berstete, aber zerschmolze und abliefe, maßen der mit dem Lehm vermischte Sand durch die gewaltige Hitze zerfloß und, wo es länger gewähret, zu einem rechten Glasfluß worden wäre. Also minderte ich mein Feuer nach und nach, bis die Töpfe ihre Röte zu verlieren begonnten, wachte dabei die ganze Nacht, damit das Feuer nicht allzuschnelle ausgehen möchte, und hatte des Morgens drei sehr gute, will nicht sagen geschickliche Häfen und ein paar kleinere irdene Töpfe so hart gebrannt, als man nur wünschen mögen, und noch darzu einen von dem zerflossenen Sand vollkommen glasieret. Nach diesem Versuch kann ich nicht sagen, daß ich mehr Mangel an irdener Ware zu meinem Gebrauch gehabt. Keine Freude über ein so geringes Ding war der meinigen zu vergleichen, als ich sahe, daß meine Töpfe Feuer vertragen könnten; und ich hatte kaum so viel Geduld, bis sie erkaltet, so setzte ich wieder einen voll Wasser ans Feuer, etwas Fleisch zu kochen, was trefflich geriet. Ich machte mir auch mit einem Stück von einem Böcklein eine sehr gute Suppe, wiewohls mir am Habermehl und verschiedenen andern Sachen mangelte, es so gut zu machen, als ichs gerne gehabt.

Meine nächste Arbeit war nun ein steinerner Mörser zum Kornstampfen. Dann an Verfertigung einer Mühle durfte ich ja nicht gedenken. Diesem Mangel abzuhelfen lag mir sehr an, maßen ich mich zu keinem Handwerk auf der Welt weniger verstunde als zu einem Steinmetzen, hatte auch kein Werkzeug darzu. Ich suchte manchen lieben Tag nach einem Stein, der groß genug, um hohl ausgehauen zu werden, und konnte keinen finden, als was an einem festen Felsen war, den ich auszugraben oder abzuschlagen keinen Rat wußte. Nachdem ich also lange umsonst um dergleichen Stein mich bemühet, gab ichs an und wurde Sinns, mich um einen großen Klotz von hartem Holz, den ich auch viel leichter fand, umzusehen. Da ich nun einen von der Dicke angetroffen, daß ich doch stark genug, ihn zu bewegen, hieb ich ihn mit meiner Zimmeraxt und Beil außen herum rund, brannte mit Feuer ein Loch hinein und höhlete ihn endlich mit unsäglicher Arbeit so aus, als die Indianer in Brasilien mit ihren Kähnen tun. Hienächst zimmerte ich aus dem sogenannten Eisenholz einen Stößel oder Stampfschlägel und verwahrte ihn auf meine Ernte, um sodann mein Korn darmit zu Mehl zu mahlen oder vielmehr zu zerstoßen.

Jetzt fehlte ein Sieb, das Mehl zu sichten und es von Kleien und Hülsen zu sondern, ohne welches ich wohl sahe aus meinem Brotmachen nichts werden könnte. Die Sache war so schwer, daß ich sie nicht einmal in Gedanken nehmen durfte, weil ich von solcher Zubehörde, nämlich dünn härinem Tuch zum Durchbeuteln gar nichts hatte. Es wollte viele Monate damit nicht fort. Leinwand hatte ich nicht als bloße Lumpen. Ziegenhaar war da, aber ich wußte es weder zu spinnen noch zu weben, und wann ichs auch gewußt, so fehlte es an Gerätschaft. Kein ander Mittel fand sich, als daß mir endlich einfiel, ich hätte unter denen aus dem Schiff geborgenen Matrosenkleidern auch etliche kattunene Halstücher. Aus etlichen derselben verfertigte ich mir nun drei kleine, aber zum Werk noch ziemlich bequeme Siebe, womit ich mich etliche Jahr behalf.

Nun kam die Reihe ans Backen. Dann erstlich hatte ich keinen Gäscht. Doch weil darzu doch durchaus kein Mittel war, bekümmerte ich mich darum eben nicht viel. Aber wegen des Ofens setzte es mehr zu tun. Endlich ersanne ich deshalben auch etwas. Ich machte nämlich etliche irdene Gefäße, sehr breit, aber nicht gar tief, das ist etwa zwei Schuh im Durchschnitt und nicht über drei Viertel eines Schuhes tief. Diese brannte ich im Feuer und hub sie auf. Wann ich nun was zu backen hatte, steckte ich auf meinem Herd, den ich mit etlichen selbstgemachten und gebrannten viereckten Backsteinen belegt hatte, ein groß Feuer an. Wann das Holz hübsch zu lebendigen Kohlen ausgebrannt, zog ich sie hervor auf diesen Herd über und über und ließ sie liegen, bis der Herd ganz heiß. Sodann fegete ich die Asche weg, legte meine Brotleibe darauf, stilpte die irdne Pfanne drüber, scharrte die glühende Asche außen her um die ganze Pfanne herum, die Hitze zu bewahren und zu verstärken, backte also, gleich als in dem besten Ofen, meine Gerstenbrote und wurde in kurzem noch darzu ein lauterer Pastetenbäcker, dann ich machte mir allerhand Reiskuchen und Puddings. Nur ließ ich die Pasteten an ihrem Orte, weil ich nichts darein hatte als etwa Vögel oder Ziegenwildpret.

Man darf sich nicht wundern, wann alle diese Dinge mir den größten Teil des dritten Jahres meines Hierseins weggenommen. Maßen dabei zu merken, daß ich mittlerweile auch meine Ernte und Haushaltung zu versehen gehabt. Dann ich schnitt mein Korn zu rechter Zeit, trugs, so gut sichs tun ließe, nach Hause und verwahrte es in meinen großen Körben, bis die Zeit herbei, es abzuzupfen, gestalten ich keine Tenne hatte, worauf, noch einen Flegel, womit ichs dreschen können.

Anjetzo, da mein Vorrat an Korn zugenommen, mußte ich auch auf größere Scheuern bedacht sein. Kein Platz war da, worin ichs aufschütten konnte, weil meine Ernte so reichlich gewesen, daß ich nun bei zwanzig Scheffel Gerste, und an Reis ebensoviel oder noch drüber eingeheimset: daher ich auch lustig zugegriffen, dann mein Brot war schon lange auf, und ich wollte nun sehen, wieviel ich des Jahres äße und ob ich mit einer Saat zurechte käme. Die Zeit gabs, daß ich die vierzig Scheffel an Gerste und Reis je nicht verzehrte. Also beschloß ich, jährlich nur so viel als im vorigen Jahr zu säen, da ich dann Brots die Fülle haben würde.

Indem dies alles so vorging, kann ich versichern, daß meine Gedanken manchmal nach dem Lande gestanden, welches von der andern Seite der Insul zu sehen; und mangelte es bei mir nicht an heimlichem Wünschen, an jenem Ufer zu sein, weil, wann ich erst aus diesem unbewohnten Eiland hinaus und auf einem festen Lande, sich leichte Gelegenheit weisen dörfte, weiter und vielleicht gar in Freiheit zu gelangen. Dies brachte mich endlich auf die Gedanken, obs nicht möglich, ohne fremde Hülfe und weitläuftige Mühe und Gerätschaft mir aus dem Stamm eines großen Baums einen Kanoe oder Periagua nach Art der Einwohner dieses Himmelstreichs zu machen. Solches hielt ich nun nicht allein für möglich, sondern noch darzu für leicht, und kützelte mich recht in meinem Sinn mit dessen Zurüstung, indem ich weit mehr Bequemlichkeit darzu hätte als irgend ein Negro oder Indianer, bedachte aber ja nicht die besondere Schwürigkeiten, denen ich mehr als die Indianer unterworfen, nämlich mehr Hände als die meinige, um ihn ins Wasser zu bringen. Dann was wäre es doch gewesen, wann ich gleich einen dicken Baum im Wald ausgesehen, mit vieler Arbeit gefället, mit meiner Gerätschaft die äußere Seite zu einem rechten Geschicke eines Boots gebracht, das Inwendige hohl ausgehauen oder ausgebrannt und also ein förmliches Boot daraus verfertiget und es doch hernach eben an dem Ort, wo ich es gefunden, liegen lassen müssen und nicht ins Wasser bringen können? Jemand sollte denken, ich müßte entweder alle meine Sinne bei Verfertigung dieses Boots vergessen und meine Umstände gar nicht betrachtet haben oder alsobald darauf bedacht gewesen sein, wie ich es hernach würde in See bringen können. Allein mein Herz, Sinn und Gedanken waren auf meine Reise übers Meer so erpicht, daß ich gar nicht einmal überlegte, wie ich es ins Wasser bringen wollte.

Ich arbeitete an diesem Boot nicht anders als der größte Narre von der Welt, der irgends einmal seine fünf Sinnen gehabt. Mich kützelte die Unternehmung an ihr selbst, ohne zu bedenken, ob ich damit fort kommen könnte. Es kam mir freilich manchmal in den Kopf, wie ich dann wohl das fertige Boot vom Stapel ins Wasser stoßen könnte. Aber da gab ich meinem eignen Befragen darüber allezeit kurzen Bescheid und diese tumme Antwort bei mir selber: „Erst will ich es zurechte machen. Was gilts, ich finde zu dem andern auch schon Mittel und Wege!" Dies war ein recht verkehrter Anschlag, doch behielt die Heftigkeit meines Eigensinns die Oberhand, und ich griff das Werk an. Erstlich hieb ich einen Zederbaum um. Er war unten am Stamm fünf Schuh zehen Zoll im Durchschnitt und ganze zweiundzwanzig Fuß hoch hinauf doch gleichfalls noch vier Schuh eilf Zoll im Diameter, wornächst er dünner wurde und sich dann in Äste ausbreitete. Diesen zu fällen kostete unsägliche Arbeit. Ganzer zwanzig Tage hackte ich unten am dicksten Teil. Sodann brauchte ich zwo Wochen zu Abhauung der Äste und Zweige, so ich alles mit meiner Axt und Beil unter vielem Schweiß durchhacken mußte. Nachgehends ging ein Monat damit hin, ihm ein Geschick zu geben und ihn soviel als möglich nach dem Bauch oder Boden eines Boots zu zimmern, daß er fein aufrecht auf dem Wasser schwimmen möge. Nachdem kostete michs beinahe ein Vierteljahr, das Inwendige auszuarbeiten, daß ein akkurates Boot daraus würde. Alles dieses tat ich sonder Feuer, bloß mit einem Schlägel oder Meißel, bis ichs zu einer ganz geschicklichen Periagua formierte, welche groß genug war, sechsundzwanzig Mann einzunehmen, mithin mich und alle meine Sachen zu tragen.

Als ichs zum Stande gebracht, hatte ich gewiß meine herzliche Freude daran. Das Boot war würklich weit größer als ich jemals ein Kanoe oder Periagua aus einem einzigen Baum gesehen. Es hat mich manchen sauern Schlag gekostet, und war nun nichts mehr übrig, als es ins Wasser zu bringen. Hätte ich dies vermocht, o, so hätte ich die allerunbesonnenste und wohl unmöglichste Reise, als jemals geschehen, unternommen.

Allein meine Anschläge waren vergeblich. Ich lag zwar nur etwa hundert starke Schritte vom Wasser ab. Jedoch war gleich das erste Ungemach, daß es gegen der Anfurt oder kleinen Bai bergan ging. Diesem abzuhelfen dachte ich, die Erde wegzugraben und eine Abhänge zu machen. Ich fings auch an und hatte entsetzliche Arbeit damit. Aber wer läßt sich die Mühe dauern, wann er seine Befreiung hoffen kann? Doch da diese Schwürigkeit überstanden, wars doch noch immer eins. Denn ich vermochte den Kanoe nicht von der Stelle zu schieben. Hierauf maß ich die Weite und resolvierte zu Ausgrabung eines Kanals oder Grabens, um das Wasser zum Kanoe hinauf zu leiten, weil doch er nicht nach ihm herunter wollte. Wie ich nun beim ersten Anfang den Überschlag machte, wie tief und wie breit der Graben werden und wie ich das Erdreich wegführen müsse, fand sichs, daß ich mit meinen zwo bloßen Händen zehen bis zwölf Jahre darmit zu tun hätte, maßen das Ufer hoch lag, daß am öbersten Teil wenigstens zwanzig Fuß tief auszuwerfen gewesen. Ließ ich demnach, obwohl sehr ungerne, endlich auch dieses Unternehmen fahren. Dies kränkte mich recht im Herzen, und ich sahe nunmehr, obwohl allzuspät, wie töricht wir Menschen handeln, wann wir ein Haus bauen, ehe wir die Unkosten davon überschlagen, und ein schweres Werk angreifen, ehe wir unsere Kräfte gehörig erwogen.

Mitten unter dieser Kanoearbeit endigte ich mein viertes Jahr an diesem Orte und feierte dessen Gedächtnis mit eben solcher Andacht und Zufriedenheit als jemals zuvor.

Nunmehr war ich schon so lange allhier gewesen, daß manche Dinge, die ich zu meiner Bequemlichkeit ans Land gebracht, entweder ganz aus oder doch abgenutzt und meist verdorben waren. Das erste war mein Brot, nämlich der aus dem Schiff geborgene Zwieback. Mit diesem hatte ich so kärglich gehauset, daß ich ein ganzes Jahr lang mir täglich nur einen zugeteilet, und gleichwohl war ich meist ein Jahr sonder Brot, ehe ich selber Korn eingeerntet; und ich hatte große Ursache, dankbar dafür zu sein, daß ich doch endlich auf obgedachte halbwunderbare Weise dessen habhaft worden. Meine Kleider nahmen auch mächtig ab. An Leinwand hatte ich schon lange keine, außer etliche blaue und weiße Hemder aus der Matrosen ihren Seekisten, die ich dann sehr sparsam trug, weil ich manchmal nichts als das bloße Hemd auf dem Leibe leiden konnte, und war mir eine große Hülfe, daß unter allen Mannskleidern des zerscheiterten Schiffs doch meistens drei Dutzend Hemder befindlich gewesen. Es waren zwar auch etliche dicke Wachtröcke darunter, die noch gut, aber allzuschwer zu tragen. Dann ob es wohl so unmäßig warm, daß ich keiner Kleidung benötiget, so konnte ich doch nicht gar nackt gehen, maßen ich die Sonnenhitze alsdann so wohl nicht als in Kleidern vertragen konnte; ja mir von der Wärme manchmalen die Haut voll Blattern wurde, dahingegen im Hemde die Luft selber eine kleine Bewegung und durch ihr Spielen doppelt kühle machte. Ebensowenig vermochte ich ohne eine Mütze oder Hut auszugehen, sintemalen mir die ungemein starke Sommerhitze auf dem bloßen Schädel augenblicklich ein unleidliches Kopfwehe verursachte, da ich hingegen in einem

 Hut frei hinlaufen konnte. In Ansehung dessen war ich darauf bedacht, wie ich die noch vorhandene wenige Lumpen oder, wie ich sie nannte, Kleider zurechte machen möchte. Alle Kamisole waren vertragen, und nun kams darauf an, wie ich aus den weiten Wachtröcken einige Futterhemder zusammenflicken möchte. Also legte ich mich aufs Schneidern oder vielmehr Pfuschen, maßen ein armsäliges Werk heraus kam. Demungeacht probierte ichs mit ein paar neuen Kamisolen, die schon eine Weile dauern konnten; was aber die Hosen anbelangt, so wollten sie anfangs nur gar schlecht geraten. Ich hatte die Felle von allen geschossenen vierfüßigen Tieren aufbehalten. Dann ich spannte sie mit Stecken in der Sonne aus, und wurden etliche so trocken und hart, daß sie nichts nützten, andere aber schienen doch noch irgendwozu tauglich. Aus den letztern schnitt ich gleich anfangs eine Mütze, das Haar auswärts, den Regen abzuhalten. Dies geriet mir so wohl, daß ich nachgehends eine ganze Kleidung aus diesen Häuten verfertigte, nämlich ein Kamisol und ein paar weite Hosen, beide offen, weil ich sie mehr zur Kühlung als für die Wärme brauchte. Ich kann nicht umhin zu gestehen, daß es ein sehr schlechtes Machwerk darum gewesen, maßen da ich ein schlechter Zimmermann, ich gewiß ein noch schlechterer Schneider war. Allein sie taten ihre gute Dienste, und wann ich draußen war und es ungefähr regnete, lief das Wasser über das außen rauhe Kamisol und über die Hosen völlig ab, und ich blieb ganz trocken. Nach diesem wandte ich viel Zeit und Mühe auf einen Sonnenschirm. Er war mir sehr nötig, und ich hatte große Lust, einen zu machen. Ich hatte sie in Brasilien gesehen, wo selbst sie in der dasigen großen Hitze überaus nützlich, und die Wärme kam mir allerdings ebenso streng, ja, weil ich näher an der Linie, noch strenger vor. Zudeme mußte ich viel ausgehen, und konnte also dessen sowohl vor die Hitze als den Regen nicht entbehren. Es kostete mich viele Mühe, und ich pfuschete trefflich lange, bis ich so etwas Haltbares verfertigte; ja, da ich meinte, es getroffen zu haben, gingen ihrer zween oder drei aufs Spiel, bis mir einer nach meinem Sinn geriete. Endlich aber brachte ich einen nicht eben allzu ungeschickten zuwege. Die Hauptschwürigkeit war, ihn niederzulassen. Ausspannen konnte ich ihn wohl; aber wann er nicht herab und in Falten fallen wollte, hätte ich ihn immerzu übern Kopf tragen müssen, und das war mir ungelegen. Endlich aber geriet einer, und ich überzog ihn mit auswärts rauhen Fellen, also daß er den Regen wie ein Wetterdach und die Sonne zugleich abhielte, daß ich im heißesten Wetter viel bequemer als im kältesten ausspazieren und wann ich ihn nicht nötig hatte, zusammen legen und unterm Arm tragen konnte.

Nach diesem, ganzer fünf Jahre über, kann ich nicht sagen, daß mir eben etwas Besonderes zugestoßen, sondern ich lebte wie zuvor auf eben dem Fuß, Manier und Ort. Meine Hauptbeschäftigung, neben der jährlichen Arbeit, meine Gerste und Reis zu pflanzen und die Trauben zu dörren und der täglichen Gewohnheit, mit der Flinte aus zu gehen, war mein Hauptgeschäfte die Zimmerung eines Kanoe, den ich endlich zum Stande, ja durch Auswerfung eines sechs Fuß breiten und vier Fuß tiefen und fast eine halbe englische Meile langen Grabens in die kleine Bai oder Anfurt hinaus brachte. Was den ersten betrifft, der so ungeschicklich groß und bei dem ich nicht vorher bedacht, ob ich ihn auch vom Stapel bringen könnte, mußte ich ihn liegen lassen, wo er lag, zum Denkzettel, daß ich fein ein andermal klüger sein sollte. Und ob der zweite mir gleichwohl zwei ganzer Jahre Arbeit kostete, so dauerte mich die Mühe doch nicht, weil ich nun hoffen durfte, ein Boot zu haben, mit dem ich endlich doch in See gehen konnte.

Ob aber gleich meine kleine Periagua ausgemacht, war ihr Geschicke doch gar nicht nach meinem Sinn, der bei dem ersten dahin gegangen, mich darauf hinüber nach der Terra firma oder dem festen Lande, dahin ich über vierzig englische Meilen hatte, zu wagen. Weil mein Boot also zu schmal, gab ich mein Vorhaben auf und dachte nicht weiter daran, lebte vielmehr stille und einsam vor mich hin, achtete auch, weil ich meinen Willen ganz freudig an die göttliche Vorsehung überlassen, dieses mein Leben in allen Stücken, außer daß ich keine menschliche Gesellschaft hatte, für recht glücklich.

Mittlerweile lernte ich noch mehr in Verfertigung allerhand mir notwendiger Gerätschaft und hielte mich zur Not für einen ganz guten Zimmermann, absonderlich, wann ich den wenigen Werkzeug betrachtete. Überdies brachte ich meine Töpferarbeit zu einer unvermuteten Vollkommenheit vermittelst eines Rades, daß sie weit leichter und besser vonstatten ging, gestalten ich die Geschirre nunmehr rund und formlich drehete, die zuvor gar häßlich und unformlich ausgesehen. Mit nichts aber von meiner eignen Arbeit bildete ich mir mehr ein, kützelte mich auch über keine meiner Erfindungen mehr als über eine Tobakspfeife; und ob es gleich ein grobes, ungestaltes Ding, auch bloß rotgebrannt, ergötzte michs doch, weil sie fest und hart und den Rauch durchließ, überaus. Dann ich war gewohnt, allezeit zu schmauchen: so waren auch Pfeifen im Schiff gewesen, allein ich hatte sie anfangs, nicht wissend, ob Tobak aufm Eiland anzutreffen, vergessen, und wie ich nachmals das Schiff wieder durchsuchte, zu den Pfeifen nicht mehr kommen können. In meiner Korbmacherkunst besserte ich mich gleichfalls und machte einen Haufen nötiger Körbe. Sie sahen zwar eben nicht allzu förmlich aus, waren aber bequem und geschickt, etwas darin aufzuheben oder nach Hause zu tragen. Zum Exempel: wann ich draußen einen Bock geschossen, hängete ich ihn an einen Baum, streifte ihn, brach ihn auf, schnitt ihn in Stücke und trug ihn heim in einem Korbe. Ebenso hieb ich die Schildkröten auf, nahm die Eier heraus, schnitte ein paar Stücke Fleisch davon, brachte beides in einem Handkorb nach Hause und ließ den Rest liegen. Die große, tiefe Körbe brauchte ich zum Korn, welches ich abzupfte und darin verwahrete.

Jetzo wurde ich gewahr, daß mein Pulver merklich abnahm, und diesem Mangel wußte ich auf keine Weise zu helfen. Also sann ich nach, was ich, wann es ganz auf wäre, anfangen, das ist: womit ich hernach die Ziegen schießen wollte. Ich hatte zwar ein junges Kitzlein gehaschet, zahm gemacht und immerzu gehoffet, einen Bock darzu zu bekommen, konnte es aber durchaus nicht zu Stande bringen, bis mein junges zu einer alten Ziege wurde, die ich dann zu schlachten nie übers Herz bringen können, sondern lieber vor lauterm Alter sterben lassen.

Nunmehr aber, da ich schon ins zwölfte Jahr in meiner Residenz und die Munition ausging, studierte ich Nacht und Tag auf eine Kunst, Ziegen mit Fallen, Gruben oder Schlingen lebendig zu fangen, da mirs dann insonderheit um eine trächtige Alte zu tun war. Zu dem Ende legte ich Schlingen, daß sie sich darein verwickeln möchten, und glaube wohl, daß ich mehr als einmal etliche darin gehabt. Allein mein Strick taugte nichts, dann ich hatte keine Drähte, und so fand ichs allezeit zerrissen und die Ankörnung aufgefressen. Endlich resolvierte ich zu einer Fallgrube. Also grub ich in denen Gegenden, wo ich wußte, dies Wildpret sich öfters ätzete, verschiedene Löcher, legte Hürden darüber mit einem schweren Gewichte oben drauf, streuete je und je etliche Gerstenähren und trocknen Reis hin und konnte an den Spuren deutlich sehen, daß die Ziegen hinein getreten und das Korn aufgefressen. Auf die letzte stellte ich drei Fallen in einer Nacht, und da ich des Morgens frühe hinging, stunden sie noch alle, und das Geäse war doch fort. Dies benahm mir den Mut sehr. Demungeacht veränderte ich die Fallen und fand an einem Morgen in einer derselben einen großen alten Bock und in einer andern drei Junge, nämlich ein Böcklein und zwei Weiblein. Mit dem Alten wußte ich nichts anzufangen, weil er so wild war, daß ich mich nicht zu ihm in die Grube getrauete, verstehe in Hoffnung, ihn lebendig heraus zu bringen, warum mirs eben zu tun war. Ich hätte ihn können tot schlagen, aber das war mein Absehen nicht. Also ließ ich ihn lieber heraus, und er rannte vor Angst wie ein Blitz davon. Allein ich hatte schlimm vergessen, was mir nachgehends einfiel, nämlich daß Hunger auch Löwen zähme. Hätte ich ihn nur drei oder vier Tage ohne Futter darin gelassen und ihm hernach ein wenig Wasser und Korn gebracht, er wäre so zahm geworden als die jungen, maßen sie sich, wo sie wohl gewartet werden, gar wohl behandeln und abrichten lassen. Jedoch ich ließ ihn diesmal laufen und nahm die Kitzlein nach einander heraus, band sie mit Stricken zusammen und brachte sie, obwohl mit einiger Mühe, alle drei nach Hause. Es währete lange, bis sie fressen wollten. Doch da ich ihnen etwas von süßem Korn vorwarf, kriegten sie Lust und wurden kirre. Jetzo merkte ich, daß ich nur etliche Stücke dieses Wildes zahm aufziehen dörfte, wann ich mich nach Abgang des Pulvers und Bleies mit genugsamem Fleisch versehen wollte, da sie vielleicht wie eine Herde Schafe um meine Wohnung herum laufen würden. Doch fiel mir auch dabei sofort ein, ich müßte die zahmen von den wilden besonders halten, sonst würden sie, wann sie erst erstarket, wild davon laufen, und das einzige Mittel darzu sei ein dicht umzäuntes Stück Landes, damit weder die draußen hinein, noch die drinnen heraus könnten. Dies war für ein einziges Paar Hände ein großes Unternehmen. Weil ich aber die unumgängliche Notwendigkeit sahe, war mein erstes, einen dazu bequemen Boden, nämlich wo sie Gras und Wasser und dabei Schutz vor der Sonne hätten, auszufinden.

Diejenige, so sich auf dergleichen Umzäunungen verstehen, werden mich auslachen, wann ich ihnen erzähle, daß ich meine Einzäunung dieses Stück Landes auf solche Art angefangen, daß mein Pfahl- oder Zaunwerk wenigstens zwei englische Meilen im Umfang hätte werden müssen. Doch bestund meine größte Torheit eben nicht darin, daß ich so einen weiten Kreis abgesteckt, dann wann er auch zehen Meilen groß gewesen, hätte ich vermutlich Zeit genug darzu gehabt, sondern daß ich nicht bedacht, wie meine Ziegen in diesem weiten Bezirk ebenso wild werden würden, als ob sie das ganze Eiland gehabt, und ich sie wegen des weitläuftigen Platzes schwerlich, ja wohl gar nicht würde erhaschen können.

Mit diesem Zaun war ich schon bei fünfzig Schritt gekommen, wie mir dieser Gedanke einfiel. Also hielt ich augenblicklich inne und resolvierte vors erste nur zu einem Bezirk von anderthalb hundert Schritten lang und hundert breit, welcher gleichwohl schon so viele fassen könnte, als ich etwa auf einmal zusammen brächte, als könnte ich beim Anwachs meiner Herde schon noch mehr Grund darzu nehmen. Dies war doch einigermaßen klug, und ich griff das Werk herzhaft an. Ich brauchte zum ersten Stück wohl drei Monate, und bis der ganze Zaun fertig, band ich die drei Kitzlein aufm besten Teil an und ließ sie so nahe um mich essen als nur möglich, damit sie fein zahm würden und mich kennen lernten. Manchmal hielt ich ihnen auch etliche Gerstenähren oder eine Hand voll Reis hin und fütterte sie aus der Hand. Also daß, wie meine Einfassung zu Ende und ich sie los ließe, sie mir auf und nieder nachliefen und um eine Hand voll Korn blöketen.

Also hatte ich, was ich gesucht, und in etwa anderthalb Jahren eine Herde von einem Dutzend Alten und Jungen zusammen. Ja, ein paar Jahre hernach dreiundvierzig, ohne verschiedene, die ich herausnahm und für meinen Mund schlachtete. Nach diesem umsteckte ich fünf unterschiedliche Stücke Feldes zu ihrer Weide mit kleinen Hürden, um sie hineinzutreiben und sie in der Not heraus langen zu können, da dann immer aus einem Pferch in den andern Türen gingen.

Doch dies wars nicht alles. Dann ich hatte nunmehr nicht allein so viel Ziegenwildpret, als mich nur lüstete, sondern noch darzu Milch, an die ich anfangs nicht einmal gedacht und die mich, als mirs erst einfiel, in eine recht angenehme Verwunderung setzte. Gestalten ich jetzo meine Milchkammer anrichtete und manchen Tag ein bis zwei Stübchen Milch bekam. Und gleichwie die Natur, welche jedem Geschöpf sein Futter anweiset, auch zugleich den Weg, solches zu nützen, zeiget, also gelang es mir, der ich nie keine Kuh, viel weniger eine Ziege gemolken oder Butter und Käse hatte machen sehen, obwohl nach manchen fehlgeschlagenen Proben endlich beides, sowohl Butter als Käse, zu bereiten, daß ich niemals mehr Mangel daran hatte.

Der allerernsthafteste Sauertopf hätte lachen müssen, wann er mich und meine kleine Familie des Mittags zur Tafel gehen gesehen. Hier war meine Majestät, der Fürst und Herr des ganzen Eilandes. Ich hatte aller meiner Untertanen Leben in meiner unumschränkten Macht. Ich konnte henken, zerreißen, Freiheit geben und nehmen, und unter allen meinen Untertanen war kein einziger Rebell. Imgleichen, wann man gesehen, wie ich als ein König noch darzu ganz allein speisete und von meinen Aufwärtern bedienet worden! Mein Hund, welcher nun ganz alt und kränklich worden und seinesgleichen zur Zucht nicht gefunden hatte, saß mir allezeit zur Rechten, und ein paar Katzen, eine auf der einen, die andre aber auf der andern Seite der Tafel, passeten auf, bis ich ihnen zum Zeichen sonderbarer Gnade je und je einen Bissen hinwarf.

Nun lasse man sich noch einen kleinen Entwurf von meiner Figur geben. Erstlich hatte ich eine große, hohe, unförmliche Mütze oder Kappe auf dem Kopf von Ziegenfellen mit einem hinten hinab hangenden Lappen, sowohl die Sonne als den Regen mir vom Nacken abzuhalten, weil in diesen Himmelsgegenden nichts schädlicher ist als der Regen aufm bloßen Leib unter den Kleidern. Ferner trug ich ein kurzes ziegenfellenes Kamisol, wovon die Säume fast bis auf die Mitte meiner Schenkel herab hingen, und ein Paar an den Knien offne Hosen von gleichem Stoff. Sie waren aber von der Haut eines alten Bocks, davon die Haare so lang auf beiden Seiten hinunter hingen, daß sie mir gleich langen Unterhosen bis mitten auf meine Beine reichten. Strümpfe und Schuhe hatte ich nicht, doch mir statt deren ein Paar solcher Dinger gemacht, die ich fast selber nicht nennen kann, etwa wie Stiefeletten, um sie über meine Füße zu streifen und wie Reitstrümpfe auf beiden Seiten zusammen zu schnüren; jedoch sehr unförmlich, wie alle meine übrige Kleider. Überdies trug ich ein breites Gehänge von getrocknetem Ziegenfell, so ich anstatt der Schnallen mit zween Nesteln von eben dem Leder an beiden Seiten zusammen zog. Statt eines Degens und Dolchs hing darin auf der einen Seite eine kleine Säge und auf der andern ein Beil. Noch hing mir ein dergleichen, aber schmäleres Gehänge über die Schultern herab, und an dessen Ende unter meinem linken Arm ein paar ziegenlederne Beutel, in deren einem mein Pulver, im andern das Blei. Aufm Rücken trug ich meinen Korb, auf der Achsel die Flinte und überm Kopf einen großen, häßlichen, ungestalten, aber mir höchst nötigen ziegenledernen Sonnenschirm. Das Gesicht betreffend, war die Farbe eben so schwarz nicht, als wohl an einem Mann zu vermuten, der sich desfalls gar nicht schonet und unterm neunten bis zehenten Grad an die Linie wohnt. Meinen Bart hatte ich einst einen ganzen Schuh lang wachsen lassen, ihn aber, weil ich doch mit Scheren und Barbiermessern zur Gnüge versehen war, wieder ziemlich kurz abgeschnitten, außer dem, was auf den Oberlippen gewachsen, so ich zu einem Paar breiter Knebeln gezogen, wie ichs bei den Türken zu Salee wahrgenommen. Von diesem Knebelbart nun will ich eben nicht sagen, daß er so lang gewesen, daß ich meinen Hut darauf hängen können, aber er war zum wenigsten von Länge und Form ungeheuer genug, daß man sich in Engelland wohl dafür gefürchtet haben sollte.

Als ich an einem Mittag nach meinem Boot hin spazierete, erschrak ich zum heftigsten über eine Menschenspur auf dem Ufer, die ich im Sand gar eigentlich erkennen konnte. Ich stund als vom Donner gerühret oder als ob ich ein Gespenst gesehen. Ich lauschete, guckte um mich herum, konnte aber nichts weder hören noch sehen. Ich stieg auf ein erhabenes Erdreich, um weiter zu sehen. Ich lief das Ufer auf und nieder, aber es war immer eins, und ich fand sonst keine als diese einzige. Ich trat nachmals näher, um zu sehen, obs auch nur meine Einbildung. Allein dies wars nicht, sondern die rechte Spur eines Fußes mit Zehen, Ferse und was nur an einem nackten Fuß ist. Wie der dahin gekommen, wußte ich nicht, konnte mirs auch im geringsten nicht einbilden. Endlich, nach unzählig viel unruhigen Gedanken, kam ich, recht als ein Mensch, der verwirret und außer sich selber ist, heim zu meiner Festung, ohne daß ich, dem Sprichwort nach, die Erde unter mir spürete, sondern in äußerster Furcht alle zween oder drei Schritte hinter mich, ja jeglichen Busch, Baum oder Strauch in die Ferne für einen Mann ansahe. Und ist unmöglich zu beschreiben, wie mancherlei Figuren mir meine erschrockene Phantasie vorgestellt und was für seltsame Gedanken mir unterwegens eingefallen.

Als ich nahe zu meinem Kastell gekommen, flohe ich so geschwinde hinein, als ein Mensch, dem nachgejaget wird. Ob ich über die Leiter oder durch die Höhle im Felsen hinein gekommen, kann mich nicht mehr erinnern, maßen nie kein schüchterner Hase noch gehetzter Fuchs mit größerer Angst in einen Fluchtbau geschlupft.

Ich tat die ganze Nacht kein Auge zu. Je weiter ich von der Ursache meiner Furcht ab ware, je größer war dennoch der Schrecken. Dann da sonsten alle andere Geschöpfe sich nur dann am heftigsten fürchten, wann sie nicht weit davon, so ängstigte sich doch mein Gemüt mit lauter entsetzlichen Schreckbildern, auch da ich bereits ziemlich weit davon war.

Während diese Gedanken mir im Kopf herum liefen, dankte ich dem lieben Gott, daß ich zu meinem Glücke just nicht da gewesen, oder daß sie mein Boot nicht gesehen, als worbei sie abnehmen können, es möchten doch Einwohner in dieser Gegend gewesen sein, und mich vielleicht weiter aufgesucht hätten. Hierauf überfiel mich eine entsetzliche Angst, wann sie mein Boot gefunden und jemand allhier angetroffen. Dann so würden sie ohnfehlbar in größrer Menge herüber gekommen sein und mich aufgefressen haben. Fänden sie je zu gutem Glücke mich nicht, so würden sie doch meine Umzäunung finden, alle mein Korn zernichten, meine zahme Ziegenherde wegführen, und ich also Hungers sterben müssen.

Mitten unter solchen Gedanken, Ängsten und Betrachtungen fiel mir einstens ein, vielleicht sei alles mit einander bloß meine eigne Einbildung und dieser Fuß etwa der Stapfen von mir selber. Fing demnach an, einen Mut zu fassen und wieder hervor zu kommen, maßen ich drei Tage und Nächte keinen Fuß aus meinem Kastell gesetzt, also daß ich begonnte, Mangel an Proviant zu leiden, indem ich zu Hause nichts als etliche Gerstenkuchen und Wasser hatte. So wußte ich auch, daß meine Ziegen hätten sollen gemolken werden; und die arme Tiere waren desfalls sehr übel dran, so daß etliche dadurch zu Schaden und meist um alle ihre Milch kamen.

Weil ich mich nun selber beherzt machte durch die Einbildung, daß es nur mein eigner Fuß, und man also von mir sagen konnte, ich hätte mich vor meinem eignen Schatten gefürchtet, begab ich mich wieder aus nach meinem Landgut, meine Herde zu melken. Wer mich aber gesehen, mit was Angst ich fortgeschritten, wie oft ich zurücke gesehen, wie manchmal ich meinen Korb niedersetzen und mein Leben durch die Flucht retten wollen, der hätte gläuben sollen, ich müsse ein böses Gewissen oder erst kürzlich eine grausame Angst ausgestanden haben.

Doch da ich solchergestalt ein paar Tage hinab gegangen und nichts gesehen, wurde ich allmählich kühne und hielts würklich für nichts anders mehr als für meine eigne Einbildung. Allein ich konnte es doch nicht völlig gläuben, bis ich etwa nochmals ans Ufer hinunter ging, den Tritt genau besähe, nach meinem eignen Fuß mäße und die Gleichheit der Spur mit dem meinigen vollkommen untersuchte. Nachdem ich aber auf der Stelle, vermerkte ich erstlich ganz deutlich, daß mein Fuß ein gut Teil schmäler und kleiner. Dies füllete mir den Kopf mit neuen Gedanken und ängstlichen Grillen an, also daß mir die Haut schauerte und ich heim eilte in festem Glauben, es müßte ein oder mehr Menschen am Strande gewesen oder das Eiland bewohnet sein, und ich würde unversehens überfallen werden. Was nun zu meiner Sicherheit anzufangen, wußte ich nicht.

Das meiste, wovon ich mir eine Gefahr zu vermuten, seie eine zufällige Landung herumschweifender Leute vom festen Lande. Doch da sie vermutlich wider ihren Willen hieher verschlagen, blieben sie hier nicht, sondern eilten mit aller Macht wieder hinweg und harreten selten eine Nacht am Lande, es gebräche ihnen dann an der Flut und dem Tage. Mithin hätte ich, im Fall ein Wilder erscheinen würde, bloß auf eine sichere Retirade zu denken.

Nunmehr fing ich an, sehr zu bereuen, daß ich meinen Keller so weit hinein gegraben, daß gar eine Türe auf die andere Seite, wo mein Kastell an den Felsen stieß, durchging. Also beschloß ich nach reifer Überlegung, mir eine zweite Befestigung, auch als eine halbe Rundung und in gewisser Weite von meiner Mauer, rechts, wo ich die doppelte Reihe Bäume vor etwa zwölf Jahren gepflanzet hatte, zu machen. Weil nun diese Bäume ohnedem vorher so dicht stunden, durfte ich nur wenige Stecken darzwischen hinein schlagen, damit sie noch dichter und stärker würden, so wäre meine Mauer fertig.

Also hatte ich jetzo eine doppelte Mauer, und meine äußerste war mit Bauholz, alten Kabeltauen und was sich nur sonst darzu schickte, ganz dichte, anbei auch sieben kleine Löcher, durch die ich ungefähr meinen Arm stecken konnte, darein gemacht. An der inwendigen Seite war sie über zehen Schuh dick durch stätes Hinwerfen des Erdreichs aus meinem Keller, worauf ich allezeit, damit sichs desto fester setzte, herum spazierte. Durch die Löcher steckte ich die sieben aus dem Schiff geborgene Musketen wie Kanonen auf starken Gestellen, und zwar so, daß ich in zwei Minuten alle sieben abfeuern konnte. Diese Mauer oder Wall machte mir manchen sauern Monat, bis er zu Ende, und doch hielt ich mich, bis alles geschehen, nicht für sicher.

Als alles getan, steckte ich den ganzen Boden vor meiner Mauer draußen allenthalben weit hinaus voll Stecken und Zweige von weidenähnlichen Bäumchen, denen ich solchen Wachstum zutrauete, daß sie wohl stehen würden. Wie ich dann derer bei 20000 mag eingestecket haben, jedoch mit einem ziemlichen Raum zwischen ihnen und meiner Mauer, damit ich einen Feind sehen und er hingegen bei Annäherung zu meiner äußersten Mauer keinen Schutz von den jungen Bäumen haben möge.

Solchergestalt hatte ich in zwei Jahren ein dickes Wäldchen und in fünf oder sechs folgenden ein ganzes Gehölze vor meiner Wohnung, und zwar so dicht und stark, daß nichts durchpassieren, auch kein Mensch denken konnte, daß drüberhinaus irgend etwas, geschweige eine Wohnung. Was den Weg hinein und heraus betrifft, brauchte ich, weil ich keinen Paß gelassen, zwei Leitern. Eine zu dem einen Stück des Felsen, so niedrig und dann einwärts ging, worauf ich die andere setzen konnte. Also daß, wann beide Leitern herunter, keine Seele zu mir herab zu kommen vermochte, ohne sich selber in Gefahr zu stürzen; und wanns einer auch gewagt, er doch noch vor meiner äußersten Mauer draußen gewesen sein würde.

Unter dieser Arbeit versäumte ich meine andere Geschäfte gleichwohl auch nicht. Dann ich hatte eine große Sorge auf mir wegen meiner kleinen Ziegenherde. Sie dienten mir ja nicht allein bei aller Gelegenheit zu meiner Notdurft, sondern ich konnte sie auch ohne Pulver und Blei und sonder mühsames Jagen haben. Also hätte ich sie je nicht gerne umkommen lassen und wieder andere von neuem erzogen.

Nach einem langen Besinnen fielen mir zu deren Erhaltung nur zween Wege ein. Der eine war, an einem bequemen Ort eine Höhle unter der Erde auszugraben und sie alle Nacht darein zu treiben. Der andere, etliche kleine Stücke

Landes, eines vom andern entfernet und soviel als möglich verborgen, zu umzäunen, in deren jedem ich etwa ein halbes Dutzend Junge halten könnte, damit, wann ja ein Unglück über die ganze Herde käme, ich sie doch wieder mit weniger Mühe und Zeit zusammen brächte. Und schiene mir das letztere, obgleich viele Zeit und Arbeit darzu gehören würde, wohl am gescheitesten.

Ich suchte also lange nach den entlegensten Teilen der Insul und erwählte einen, der recht nach meinem Wunsch verborgen. Dies war ein kleiner, feuchter Platz mitten in der Fläche und dicken Wäldern, woselbst ich mich ehmals auf dem Rückweg von der Morgenseite des Eilandes schier verirret hatte. Hier fand ich ein helles Stück Land, bei drei Jaucharten groß, mit Gehölze dermaßen umgeben, daß es meistens Einfassung von der Natur selber, worzu ich wenigstens nicht so viel Mühe als bei den andern benötigte.

Sofort legte ich Hand an und umzäunete es in weniger als einem Monat so, daß ich meine kleine Herde, die nun so wild nicht mehr als vorhin, ganz sicher darein verschließen konnte. Also tat ich ohne Aufschub zehen junge Weiblein und ein paar Böcklein dahin und verbesserte den Zaun zu solcher Vollkommenheit als die andern, wiewohl, weil ichs bei guter Muße tat, sehr viel Zeit darauf ging.

Alle diese Arbeit legte ich mir auf aus bloßem Schrecken über den erblickten Menschentritt. Dann ich sah bisher keine menschliche Kreatur dem Eiland nähern und hatte nun zwei Jahre unter dieser Unruhe gelebet, wodurch mein Zustand so froh nicht mehr als zuvor gewesen, wie ein jeder abnehmen mag, der weiß, was es seie, sich vor menschlichem Überfall fürchten müssen.

Nachdem ich einen Teil meiner kleinen Herde also in Sicherheit gebracht und im ganzen Eiland wegen noch eines dergleichen zu verfertigenden Stalls herum lief, erblickte ich, als ich gegen die Abendseite weiter als noch niemals fortgegangen und ins Meer hinaus gesehen, meinem Bedünken nach sehr weit weg in der See ein Boot. Nun hatte ich zwar in einer Seekiste ein paar Ferngläser gefunden, aber keines bei mir, und wußte wegen der Weite nicht wohl, was ich draus machen sollte, ob ich gleich scharf darnach aussahe, bis mir die Augen fast blind wurden. Obs würklich ein Boot, konnte ich nicht erkennen. Doch als ich vom Hügel herab, verlor ichs aus dem Gesichte und ließ es so gehen. Nur beschloß ich, künftighin allezeit ein Perspektiv bei mir zu tragen.

Als ich den Hügel herab ans Ende der Insul, wo ich vorher noch nie gewesen, befand ich vollends, es sei um eine Menschenspur auf dem Eiland ein so seltenes Ding nicht, als ich mir eingebildet, und einer besondern Schickung Gottes zuzuschreiben, daß ich auf derjenigen Seite ans Ufer geworfen worden, wohin die Wilden niemals kämen. Ich konnte leicht merken, es sei nichts Gewöhnlichers, als daß die Kanoes vom festen Lande, wann sie etwa zu weit ins Meer hinaus ruderten, herüber an diese Seite der Insul als in einen Hafen liefen. Imgleichen, daß gleichwie sie in solchen ihren Fahrzeugen öfters föchten, die Sieger ihre Gefangene an diesen Strand überführen und sie als Kannibalen ihrer entsetzlichen Gewohnheit gemäß tot schlagen und verzehren dürften.

In dieser Gegend, als der südwestlichen Spitze des Eilands nun, sahe ich mit größter Bestürzung, ja mit unsäglichem Schrecken und Grausen meines Gemüts das Ufer voll Hirnschalen, Hände, Füße und andere Gebeine menschlicher Körper; und beobachtete insonderheit einen Ort, allwo ein Feuer und ein runder Kreis in die Erde gegraben gewesen, woselbst die viehische Wilden vermutlich auf ihren unmenschlichen Mahlzeiten die Leiber ihrer Mitgeschöpfe verzehret hatten.

Über diesen Anblick war ich dermaßen entsetzt, daß ich an die Gefahr, die ich selber davon zu gewarten, lange nicht gedenken konnte. Alle meine Furcht wurde begraben in den Gedanken über die Größe dieses unmenschlichen und recht höllischen Betriebes, und daß die menschliche Natur so gar abscheulich aus der Art schlagen könnte. Kurz, ich kehrte das Gesichte von dem gräßlichen Spektakel ab, mir wurde übel, und ich wäre eben in eine Ohnmacht gesunken, wann sich die Natur nicht selber durch ein ungewöhnliches heftiges Erbrechen geholfen. Hiedurch erholte ich mich zwar in etwas, vermochte aber an diesem Ort nicht einen Augenblick mehr zu verweilen, sondern kletterte in aller Eile den Hügel wieder hinauf und lief nach meiner Wohnung zu.

In meinem Kastell beruhigte ich mich über meine Sicherheit mehr als jemals zuvor, dann ich merkte, daß diese Unmenschen nie auf dieses Eiland Beute halber kämen, indem sie wohl manchmal in denen waldichten Gegenden gewesen, aber, weil sie nichts gefunden, auch weiter niemals nichts gesucht haben möchten; und die Zeit und der getroste Mut, daß ich keine Gefahr hätte, von ihnen entdeckt zu werden, setzte mich allmählich wieder in einige Beruhigung, und ich lebte ebenso gelassen als zuvor. Nur mit dem Unterscheid, daß ich mehr Vorsicht gebrauchte und mehr als sonsten umher schauete, um ihnen nicht in die Augen zu fallen.

In solcher Gemütsbeschaffenheit verharrete ich meistens ein ganzes Jahr und hielt ich mich so eingezogen als jemals und kam selten aus meinem Zelte hervor außer zu meinen beständigen Geschäften, nämlich meine Ziegen zu melken und nach meiner kleinen Herde im Gehölze zu sehen, wobei ich mich, weil es ganz auf der andern Seite der Insul gelegen, nichts zu befahren hatte. Ich sahe aber gewiß allemal mit einem Schrecken auf die Gedanken zurücke, wie es um mich gestanden, wann ich auf sie gestoßen und entdecket worden wäre.

Meinem Dünken nach wird sich der geneigte Leser nicht wundern, wann ich gestehe, ich habe über alle diese Angst, über alle Gefährlichkeiten und über das mir aufm Hals liegende Geschäfte alle Erfindung und zu meiner künftigen Bequemlichkeit ausgesonnene Mittel fahren lassen. Es war mir jetzo um meine Sicherheit mehr als ums Maulfutter zu tun. Ich hatte nicht das Herz, einen

Nagel in die Wand zu schlagen oder einen Stecken entzwei zu hauen, aus Furcht, daß das Geräusch gehöret werden möchte. Viel weniger getrauete ich mir eben deswegen, einen Schuß zu tun. Insonderheit wollte ich durchaus nicht daran, Feuer zu machen, damit der Rauch, den man bei Tage weit sehen kann, mich nicht verriete. Zu dem Ende schleppte ich alles, wozu ich Feuer benötiget, nach meinem neuen Gemach im Gehölze, allwo ich nach einiger Zeit zu meiner unaussprechlichen Freude einen ganz natürlichen Keller unter der Erde fand, welcher sehr tief hinein ging und in den sich gewiß kein Wilder wagen würde außer mir, dem eben nichts nötiger als ein sichrer Ort war. Der Eingang dieser Höhle war unten an einem großen Felsen, allwo ich zufälligerweise etliche dicke Baumäste zu Holzkohlen abhieb. Warum ich aber Kohlen gebrannt, will ich gleich melden. Mir grauete nämlich, bei meiner Wohnung einen Rauch zu machen, und ich mußte gleichwohl zum Brotbacken, Fleischkochen etc. Hitze haben. Also steckte ich hier Holz unter feuchter Torferde an, bis es zu dürren Kohlen wurde, wie ichs in Engelland gesehen. Sodann löschte ich das Feuer aus, trug die Kohlen heim und verrichtete damit, ohne Sorge eines Rauchs, was ich sonst mit Feuer getan. Indem ich hier nun etwas Holz fällete, wurde ich hinter einem sehr dicken Ast von niedrigen Stämmen einer hohlen Stelle gewahr. Mich trieb die Neugier an hinein zu gucken, und als ich mit einiger Mühe vorne ins Loch hinein gedrungen, befand ichs ziemlich groß, nämlich, daß ich und vielleicht noch einer neben mir aufrecht darin stehen können. Allein ich muß bekennen, ich kam viel geschwinder heraus als hinein. Dann als ich tiefer hinein sahe, erblickte ich im Dunkeln ein Paar große, funkelnde Augen. Ob vom Satan oder einem Menschen, wußte ich nicht; sie schimmerten aber recht als Sterne, weil das Licht von dem Mund der Höhle geradezu hinein fiel und einen Widerschein machte. Gleichwohl erholete ich mich nach einer Weile und schalte mich selbst einen zehenfachen Narren, mit der Vorstellung, wer sich fürchte, den Teufel zu sehen, der müsse ja nicht zwanzig Jahr auf einem Eiland allein leben, und dörfte ich nur gläuben, es sei im ganzen Keller nichts Scheußlicheres als ich selber. Hierauf faßte ich einen Mut und zugleich einen frischen Brand in die Hand und schlupfte wieder hinein. Kaum hatte ich ein paar Tritte getan, so erschrak ich meist ebenso heftig als das erstemal. Dann ich hörte einen sehr lauten Seufzer, als von einem Menschen, der Schmerzen hat; und dann folgte ein düsteres Geräusche als von halb vorgebrachten Worten, hernach wieder ein tiefer Seufzer. Ich trat zurücke und fühlte solche Angst, daß mir der kalte Schweiß ausbrach, und ich will nicht dafür schwören, wann ich einen Hut aufm Kopf gehabt, daß ihn die Haare nicht vor Grausen aufgehoben hätten. Doch indem ich mir einen neuen Mut einsprach und mich damit ziemlich aufrichtete, schritte ich wieder einwärts, hielt die Flamme über meinen Kopf und erblickte auf der Erde einen ungeheuer großen, scheußlichen alten Ziegenbock, der eben gleichsam sein Testament machte, in letzten Zügen lag und aus bloßem Alter verrecken wollte. Ich rüttelte ihn ein wenig, zu sehen, ob ich ihn heraus bringen könnte. Er selber bemühte sich auch, war aber zu schwach aufzustehen, und ich dachte bei mir selbst, er möchte immerhin drinnen liegen bleiben. Dann wann er mich so erschröcket, würde ers gewiß auch einem Wilden tun, falls einer, während er noch lebte, vorn vor die Höhle käme.

Als ich mich vom Schröcken völlig erholet und umher zu sehen angefangen, befand ich, daß der Keller nur klein, nämlich etwa zwölf Schuh weit, aber weder rund noch viereckt, indem nie keine Menschenhand dabei gewesen, sondern ihn die bloße Natur gemacht. Ich merkte auch, es seie auf der hintersten Seite noch ein Loch, das zwar weiter hinein ging, aber so niedrig, daß ich hätte auf Händ- und Füßen hinein kriechen müssen und doch hernach nicht gewußt, wo ich hingekommen. Weil ich nun mit keinem Licht versehen, versparte ichs bis morgen, da ich mit Lichtern und einem Feuerzeug, das ich aus einem Musketenschloß verfertigt, indem ich in die Zündpfanne faul Holz gelegt hatte, wieder hin kommen wollte.

Ich stellte mich des andern Tags würklich mit sechs großen Lichtern ein, die ich selbst aus Bockstalg verfertiget. In gedachtem niedrigen Loche nun mußte ich auf allen vieren bei zehen Schritte weit fort kriechen. Als ich aber erst durch den engen Paß hindurch, merkte ich, die Bühne oben an der Höhle werde je länger je höher, meines Erachtens bei zwanzig Fuß. Doch war wohl nie auf diesem Eiland ein so herrliches Gesichte gesehen worden, als sich an den Wänden und Bühne dieses Kellers oder Gewölbes äußerte: maßen die Wände von meinen zwei Lichtern mir deren wohl hunderttausend durch den Gegenschein zurücke gaben. Was eigentlich in dem Felsen gewesen, ob Diamanten oder andere Edelgesteine oder Gold, welches letztere ich fast eher gegläubet, konnte ich nicht wissen. Sonsten wars eine überaus anmutige Höhle oder Grotte nach ihrer Art, obgleich stockfinster. Der Boden war trocken und eben und mit zartem, lockern Sand bedeckt, auch kein scheußliches oder giftiges Tier weder an der Wand noch oben zu sehen. Die einzige Schwürigkeit bestund im Eingang, so ich doch, weil es ein sicherer Ort und eine mir eben mangelnde Retirade mehr für gut hielte und mich deswegen über diese Entdeckung erfreuete, auch schlüssig wurde, etliche Sachen, warum mir am meisten bange war, dahin zu bringen. Worunter insonderheit mein Pulver und alle meine vorrätige Schiesßgewehr, als zwo Vogelflinten (dann ich hatte ihrer dreie) und drei Musketen, deren achte in allem waren, wovon nur fünfe in meinem Kastell zum Schuß fertig lagen, die ich aber auf den Notfall auch ausnehmen konnte. Jetzo kam ich mir selber vor als einer von den alten Riesen, welche in tiefen Löchern und Höhlen sollen gewohnet haben, wohin niemand zu ihnen kommen können. Dann ich bildete mir ein, solange ich hier seie, würde mich kein Wilder, wann ihrer auch etliche Hundert mir nachsetzten, jemals ausspähen;

noch, wann sie mich auch fänden, an einem solchen Orte anzugreifen sich unterstehen. Der alte Bock, den ich bei Entdeckung der Höhle in den letzten Zügen angetroffen, starb des andern Tags vorn am Mund derselben; und ich hielt für viel besser, ein großes Loch daselbst zu graben, ihn da hinein zu werfen und mit Erde zu überdecken, als heraus zu schleppen.

Nunmehr wars das dreiundzwanzigste Jahr meiner Residenz auf dieser Insul und ich des Ortes und hiesiger Lebensart so gewohnet, da ich mirs gerne gefallen lassen, meine übrige Lebenszeit bis an den Augenblick zuzubringen, da ich mich niedergelegt und wie der alte Bock in der Höhle den Geist aufgegeben, wann ich nur einer völligen Versicherung genossen, von den Wilden ohnbeunruhiget zu bleiben. Soviel ich mutmaßen konnte, mußten sie dies Eiland eben nicht allzuoft besuchen, maßen es schon bei fünf Vierteljahren, ehe wieder einer am Ufer erschien, das ist, ehe ich wieder einen davon oder ihre Fußstapfen und Merkmale erblicken konnte. Dann in den nassen Monaten wagen sie sich je nicht aus, zum wenigsten nicht so weit. Demungeacht schwebte ich in lauter Unruhe und stäter Furcht, daß sie mir unversehens übern Hals kommen möchten. Woraus ich schließe, daß die Angst vor einem Unglück bitterer und beschwerlicher ist als das Unglück selber, besonders, wann man sich dieser Vermutung und Angst nicht entledigen kann.

Meine Gemütsverwirrung war diese fünfzehen bis sechszehen Monate über sehr groß. Ich schlief unruhig, hatte immerzu gräßliche Träume und fuhr des Nachts öfter im Schlaf auf. Des Tags ging ich schwermütig umher, und des Nachts träumete mir von Totschlagung derer Wilden, und wie ich solches verantworten wollte. Doch nachdem dieses alles so lange vorbeigegangen, geschahe es mitten im Mai, etwa auf den sechzehenten, als den ganzen Tag über ein sehr harter Sturm mit vielem Donner und Blitzen gewehet und eine sehr trübe Nacht darauf erfolget, ich auch eben in der Bibel gelesen und von sehr ernstlichen Gedanken über meinen gegenwärtigen Zustand ganz angefüllet, daß ich zu meiner großen Bestürzung den Knall einer Kanone hörete, die meinem Bedünken nach draußen auf der See abgefeuert worden. Diese Bestürzung war von ganz anderer Beschaffenheit als die vorige alle, maßen sich darüber eine gar andere Einbildung bei mir erhub. Ich fuhr in größter Eile auf, stieg im Augenblick auf die erste Höhe meines Hügels, zog die Leiter hinauf und gelangte im zweiten Ansatz oben auf dessen Spitze, eben als mich eine Feuerflamme nach einem zweiten Stück lauschen ließ, so ich etwa auch in einer halben Minute hörete, auch an dem Knall erkannte, es seie auf der Seite des Meeres, wo ich in meinem Boot den Strom hinab verschlagen worden. Ich dachte alsobald, es müßte ein Schiff in Not sein, welches etwa einem andern seiner Gesellschaft durch Schießen ein Zeichen gäbe, daß es Hülfe benötiget. So aufgeweckt war mein Gemüte gleichwohl selbigen Augenblick, daß ich dachte, könnte ich ihnen nicht, so könnten sie doch vielleicht mir helfen. Also raspelte ich geschwinde so viel trocken Holz zusammen, als ich konnte, machte davon einen ziemlichen Haufen und steckte ihn auf dem Gipfel des Berges an. Das Holz war dürre und brannte lichterlohe, unerachtet der Wind ziemlich hart wehete, also daß, wann etwa ein Schiff da wäre, sie es unfehlbar sehen müßten. Und ich glaube auch, sie habens gesehen. Dann sobald nur mein Feuer große Flammen gegeben, hörte ich noch eine Kanone und hierauf noch etliche andere, allezeit aus selbiger Gegend her. Ich schürete das Feuer die ganze Nacht, bis der Tag anbrach; und als es ganz helle und die Luft aufgekläret, erblickte ich sehr weit in die See hinein etwas, davon nicht sagen konnte, obs ein Schiff unter Segel oder aber ein Wrack, ob ich gleich meine Ferngläser gebrauchte. Dann es war allzuweit weg und das Wetter ohnedem noch ein wenig trübe. Zum wenigsten war so etwas draußen auf dem Meer. Den ganzen Tag über guckte ich fleißig darnach aus und wurde bald gewahr, daß sichs nicht bewegte. Vermeinte demnach, es sei ein Schiff, das vor Anker liege. Weil ich nun ein starkes Verlangen trug, den rechten Grund zu wissen, nahm ich meine Flinte zur Hand und lief nach der südöstlichen Seite der Insul, zu denen Klippen, wohin ich ehmals mit dem Strom getrieben worden, und konnte bei nunmehr völlig aufgeheitertem Wetter zu meinem großen Leidwesen das Wrack eines Schiffes sehen, welches in der Nacht auf die blinde Klippen gestoßen und gescheitert war. War hier demnach nichts zu tun. Entweder ihr oder mein oder unser beider Schicksal gestattete es nicht. Ich sahe bloß zu meiner Betrübnis etliche Tage hernach den Leichnam eines ertrunkenen Schiffsjungen an der Spitze des Eilands, wo das Wrack lag, ans Ufer treiben. Er hatte keine andere Kleider als ein Matrosenkamisol oder Schanzläufer, ein paar weite Hosen und ein blauleinenes Hemd an. Aber was für ein Landsmann er seie, konnte ich an nichts erkennen. In seiner Ficke stak nichts als zween Speziestaler und eine Tobakspfeife. Die letztere war mir weit mehr wert als die ersten.

Mehr dann drei Jahre danach wurde ich an einem Morgen frühe nicht sonder Bestürzung zum wenigsten fünf Kanoes alle auf meiner Seite der Insul ansichtig, woraus die Menschen insgesamt ausgestiegen und mir aus dem Gesicht waren. Ihre Anzahl machte mich stutzig. Dann da der Nachen so viele, und ich wußte, daß ihrer in einem allemal vier, sechs oder auch mehr, war guter Rat teuer, wie ich als ein einzelner Mann ihrer zwanzig oder dreißig anpacken wolle. Also lag ich in meinem Kastell stille und machte traurige Kalender. Doch setzte ich alles in Ordnung, wie ichs vormals eingerichtet, wann ich etwa sollte angegriffen werden, und hielte mich auf den Notfall zum Schlagen fertig. Nachdem ich eine gute Weile gelauschet, ob sie kein Geräusche machten, setzte ich endlich aus Ungeduld meine Flinten unten an meine Leiter und stieg auf den Gipfel des Hügels hinauf, hielt mich aber so, daß mein Kopf nicht drüber hinaus ragete, damit sie mich ja nicht erblicken möchten. Hie beobachtete ich durch Hülfe des Fernglases, es seien ihrer wenigstens dreißig, hätten ein Feuer angesteckt und ein Essen zurecht gemacht. Ob sie es gebraten oder gekocht, konnte ich nicht sehen, wohl aber, daß sie mit allerhand barbarischen Gebärden und Figuren nach ihrer Manier ums Feuer herum tanzeten.

Unterm Hinsehen wurde ich durch das Perspektiv gewahr, daß zween unglückliche Männer aus ihren Böten, worin sie müssen gelegen haben, heraus und allem Vermuten nach jetzo zur Schlachtbank hingeschleppet würden. Einen davon sahe ich den Augenblick zu Boden schlagen, und zwar, wie ich glaube, mit einem Prügel oder einem hölzernen Schwert; und ein paar waren gleich über ihn her und schnitten ihm den Leib auf, während der andre so lang da stunde, bis die Reihe auch an ihn käme. Diesen Augenblick, indem der arme Mensch sich einigermaßen frei vermerkt, ermuntert ihn die Natur mit der Hoffnung des Lebens, daß er sich aufs Laufen begibt und mit unglaublicher Geschwindigkeit längs dem Ufer gerade nach mir zu, ich will sagen, gegen den Teil der Küste, wo meine Wohnung war, rennet. Ich muß gestehen, ich erschrak grausam, als ich merkte, daß er nach mir zu liefe, absonderlich als mich deuchte, daß der ganze Haufen hinter ihm her wäre. Nun war zwischen ihnen und meinem Kastell die Bucht oder Anfurt, deren ich schon öfters gedacht. Über diese mußte der arme Schelm hinüber schwimmen, oder sie würden ihn da erhaschen. Allein als er erst dabei, besanne er sich gar nicht lange, sondern plumpte hinein, schwamm in etwa dreißig Sätzen oder ungefähr an die andre Seite hinüber und lief mit ungemeiner Stärke und Geschwindigkeit fort. Als die drei andre zum Wasser kamen, sahe ich wohl, daß zweene davon schwimmen könnten, der dritte aber nicht, sondern stille stünde, den andern nachsähe und bald darauf säuberlich zurücke trabete.

Ich merkte, daß seine zween Kameraden über zweimal so lange mit Schwimmen zubrächten, als der da vor ihnen floh. Jetzo fiel mir recht eifrig und ernstlich ein, nun sei die Zeit da, einen Knecht und vielleicht gar einen Kameraden und Gehülfen zu erwerben, und ich seie vom Himmel selbst berufen, dieses armen Menschen Leben zu erretten. Sofort stieg ich in möglichster Eile die Leitern hinunter, nahm meine beide Rohre, stieg sodann mit eben der Geschwindigkeit wieder oben auf den Hügel hinauf, lief quer nach der See zu und kam bald zwischen die Verfolger und den Verfolgten. Dem letzten rief ich laut zu. Er sahe auch zurücke, erschrak aber anfangs ebenso heftig vor mir als vor den andern. Allein ich winkete ihm mit der Hand, er sollte nur zurücke kommen, rückte mählich gegen die beide ihn Verfolgende an, fuhr mit eins auf den vordersten zu und schlug ihn mit dem Flintenschaft zu Boden, weil ich nicht gerne schießen wollte, damits die übrige nicht höreten. Als dieser erst zu Boden geschlagen, stund der andre Verfolger stille, als ob er voll Schrecken wäre, und ich ging hurtig auf ihn zu. Doch wie ich

näher hinkam, merkte ich alsobald, er hätte einen Bogen und Pfeil und wollte
auf mich losdrücken. Also mußte ich ihm vorkommen und traf ihn auch, daß er auf der Stelle blieb. Der arme Flüchtling, unerachtet er seine beide Feinde fallen und seiner Meinung nach getötet gesehen, war dannoch über das Feuer und den Knall meines Rohrs dermaßen erschrocken, daß er stockstill stund und weder vor noch hinter sich keinen Tritt tat, ob man ihm schon anmerken konnte, er habe mehr Lust zu fliehen als herzukommen. Ich rief noch einmal überlaut und winkte ihm, doch vor sich nach mir her zu gehen. Dies verstund er nun gar leichte, lief einen kleinen Weg, hielt aber auch wieder inne, dann wieder weiter und wieder still gestanden; und da konnte ich merken, er bebete vor Angst, als seie er gefangen und werde gleich seinen zween Feinden eben jetzo den Rest bekommen. Ich winkte ihm abermals mit Kopf und Händen, er möchte doch nur näher hertreten, und gab ihm alle ersinnliche Freundlichkeitszeichen. Er kam auch würklich näher und näher, kniete aber alle zehen oder zwölf Tritte zum Zeichen der Dankbarkeit, daß ich ihm sein Leben gerettet, nieder. Ich machte eine freundliche Miene gegen ihn und winkte ihm, noch näher zu kommen. Endlich rückte er vollends nahe zu mir her, kniete wieder nieder, küßte den Boden, legte sich platt nieder und setzte meinen Fuß auf seinen Kopf, vermutlich statt eines Eides, lebenslang mein Sklave zu bleiben. Ich hub ihn auf, erzeigte mich gegen ihn freundlich und machte ihm, so gut ich nur konnte, einen Mut. Allein da war noch mehr zu tun. Dann ich merkte, daß der Wilde, den ich anfangs zur Erde geschlagen hatte, nicht tot, sondern seine Wunde nur betrachtete und sich zu erholen schiene. Also wiese ich mit der Hand auf den Wilden, daß der meinige sehen sollte, er seie noch nicht tot. Hierauf redete er etliche Worte zu mir, und ob ichs gleich nicht verstehen konnte, deuchten sie mich doch angenehm zu hören, weil dies der erste Laut einer fremden Menschenstimme war, so ich in mehr als fünfundzwanzig Jahren gehöret hatte. Allein hier war jetzo keine Zeit zu dergleichen Reflexionen. Dann der zur Erde geschlagene Wilde erholete sich so weit, daß er aufrecht saß; und ich merkte an dem meinigen, daß ihm bange würde. Doch als ichs sahe, richtete ich das Rohr nach ihm zu, als ob ich ihn gleich dem andern erschießen wollte. Hier gab mir mein Wilder durch Gebärden zu verstehen, ich möchte ihm doch mein bloßes Schwert von meiner Seite leihen. Kaum hatte ers in der Hand, so rannte er hin nach seinem Feind und putzte ihm in einem Hieb den Kopf so hübsch ab, daß kein Scharfrichter von Nürnberg es geschwinder und besser tun können. Welches mir sehr wunderlich vorkam an einem Menschen, von dem ich zu glauben Ursache hatte, er hätte sein Lebtag vorher nie kein Schwert gesehen. Doch wurde mir nachmals erzählt, sie machten ihre hölzerne Schwerter scharf und schwer und von so hartem Holze, daß sie damit auf einen Streich Schädel und Schultern abzuhauen vermögend. Als er dies verrichtet, kam er zum Zeichen des Sieges lachend wieder

zu mir zurücke und legte mit einem Haufen Gebärden, die ich nicht verstunde, das Schwert samt des hingerichteten Wilden Kopf recht vor meine Füße nieder. Am seltsamsten aber stellte er sich darüber an, daß er nicht begreifen konnte, wie ich doch den andern Indianer so weit weg umbringen können. Wie ich nun mit der Hand dahin zeigete, hielt er mit Mienen um Erlaubnis an, dahin zu gehen. Ich hieß ihns auch, so gut ichs konnte, immerhin tun. Als er nahe dabei, stund er als ein Erschrockener, sahe ihn an, kehrte ihn bald auf die eine Seite, bald auf die andere und besichtigte die Wunde, so die Kugel gemacht; und zwar muß sie ihm recht in der Brust ein Loch gemacht haben, daran er außen nur wenig, desto mehr aber inwendig geblutet, weil er gleich maustot gewesen. Darauf nahm mein Wilder seinen Bogen und Pfeile, kam zu mir zurücke, und ich kehrte mich um, um weg zu gehen, und hieß ihn mir folgen und ihm mit Zeichen bedeutend, es möchten ihrer mehrere nachkommen. Hierauf ließ er mich merken, er wollte sie in den Sand vergraben, damit sie von den übrigen, wann die etwa nachkommen sollten, nicht gesehen würden. Als ichs ihm nun mit Gebärden erlaubet, griff er die Arbeit an, hatte mit seinen Händen im Augenblick eine Grube für den ersten zurechte, schleppte ihn hinein, deckte sie zu und tat mit dem andern gleich also. Mit beiden war er, meines Erachtens, in einer Viertelstunde fertig. Jetzo rief ich ihn ab und nahm ihn mit mir, nicht in mein Kastell, sondern ganz weit hin zu meinem Keller an dem jenseitigen Ende des Eilandes. Hie gab ich ihm Brot und ein Büschel gedörrte Trauben nebst einem Trunk Wasser, dessen er wegen seines schnellen Laufens gewiß höchst benötiget war. Als er sich nun erholet, winkte ich ihm, sich niederzulegen und zu schlafen an einem Orte, wo ich einen Haufen Reisstroh samt einer Bettdecke, die ich sonst selber gebraucht, hingeleget hatte. Also legte sich der arme Schelm nieder und fiel in Schlaf.

Er war ein feiner, artiger Bursch, vollkommen wohl gewachsen, mit langen geraden, nicht zu großen, sondern schlanken und proportionierten Gliedmaßen. Meines Erachtens etwa sechsundzwanzig Jahre alt. In seinem Wesen hatte er nichts Grausames noch Trotziges, sondern wohl etwas Männliches, und gab einem Europäer in Anmut der Gebärden, absonderlich wann er lächelte, nichts nach. Sein Haar war schwarz und lang, nicht kraus wie Wolle. Die Stirne sehr hoch und breit, und in den Augen eine große Lebhaftigkeit und funkelnde Schärfe. Die Farbe seiner Haut war nicht kohlschwarz, sondern schwarzbraun, nicht aber so häßlich ekelhaftig gelbschwarz, wie die Brasilier, Virginier und andere geborene Amerikaner sind, sondern von der glänzenden Art einer dunkeln Ölfarbe, so sich nicht so leicht beschreiben läßt. Das Gesichte war rund und fleischicht, die Nase zwar klein, aber nicht flach wie an denen Negros; ein feiner Mund, dünne Lippen und die Zähne schmal, gleich und so weiß als Elfenbein.

Nachdem er etwa eine halbe Stunde mehr geschlummert als geschlafen haben mochte, wachte er wieder auf und kam aus dem Keller zu mir heraus, weil ich eben ob Melkung meiner Ziegen in dem Pferche gleich daneben begriffen war. Wie er mich erst erblicket, sprang er zu mir her, legte sich wieder auf die Erde mit allen ersinnlichsten Zeichen eines demütigen dankvollen Gemütes, so er durch allerhand seltsame Gebärden zu erkennen geben wollte. Endlich legte er den Kopf platt auf die Erde, harte an meinen einen Fuß, und setzte den andern auf seinen Kopf, so wie ers das erstemal gemacht hatte, machte auch hiernächst alle Kennzeichen völliger Unterwerfung, Dienstbarkeit und Ehrerbietung, daraus ich abnehmen sollte, daß er mir, solange er lebte, zu dienen bereit sei. Ich verstunde ihn in vielen Dingen und ließ ihn auch merken, ich sei ganz wohl mit ihm zufrieden. In kurzer Zeit fing ich an, mit ihm zu sprechen und ihn hinwieder mit mir reden zu lehren. Erstlich gab ich ihm zu verstehen, er solle Freitag heißen, weil ich an solchem Tage ihm das Leben gerettet und mich gern allemal der Zeit dabei erinnern wollte. Zu mir aber solle er Herr sagen. Ich lehrete ihn auch die Beiwörter Ja und Nein und den Verstand davon. Ich gab ihm ein wenig Milch in einem irdnen Topf, trank vor seinen Augen davon, tunkte mein Brot ein und reichte ihm einen Kuchen, um ein gleiches zu tun. Dies begriff er geschwinde und bezeugete, es schmecke ihm recht wohl.

Hier blieb ich mit ihm die ganze Nacht. Sobald es aber getaget, hieß ich ihn mit mir gehen und gab ihm zu verstehen, ich wollte ihm Kleider geben, worüber er mächtig froh schiene, maßen er splitternackt. Als wir zu der Stelle kamen, wo er die zween Körper eingescharret hatte, zeigete er mir die Zeichen, die er gemacht hatte, um sie wiederfinden zu können, ließ sich auch merken, er hätte Lust, sie wieder auszugraben und aufzuessen. Hierüber schien ich sehr unwillig, bezeugte ihm meinen Abscheu davor, tat, als ob ich bloß über dergleichen Gedanken mich erbrechen müßte, und winkte ihm mit der Hand, sich davon wegzupacken, so er auch mit besonderer Demut tate. Hiernächst führte ich ihn hinauf an den Hügel, zu sehen, ob seine Feinde fort wären, zog mein Fernglas heraus und sahe den Platz, wo sie gewesen, ganz deutlich, aber von ihnen noch von ihren Kanoes nichts. Zur gewissen Anzeige, daß sie weggefahren und ihre beide Kameraden im Stich gelassen, ohne sie weiter zu suchen.

Damit aber war ich noch nicht zufrieden, sondern weil ich jetzo mehr Mut, folglich mehrere Kuriosität hatte, nahm ich meinen Freitag mit mir, gab ihm das Schwert zu seinem Bogen und Pfeilen, mit denen er, als mir schien, gut umzugehen wüßte, in die Hand und ein Rohr auf die Achseln, ich aber trug die zwei andere, und so marschierten wir nach dem Orte zu, wo diese Unmenschen so barbarisch gehauset, weil ich jetzo völligen Bescheid davon einholen wollte. Bei Annäherung zu dem Platz erstarrete mir gleichsam das Blut in den Adern, und das Herz wollte mir vor dem entsetzlichen Scheusal im Leibe brechen. Es war je für mich ein abscheulicher Anblick, Freitag aber machte nichts daraus. Überall lags voll Menschenknochen, die Erde war mit ihrem Blut gefärbet, große Stücke Fleisch lagen hier und dar, halb verzehret, zerrissen und geschunden; mit einem Wort alle die Zeichen einer hierselbst gehaltenen Siegesmahlzeit. Ich sahe drei Hirnschädel, fünf Hände und etliche Hüft- und Schienbeine, samt vielen andern Gliedmaßen, und Freitag gab mir durch Zeichen zu verstehen, sie hätten vier Gefangene zur Mahlzeit herübergebracht. Dreie davon seien verzehret, und der vierte habe er sein sollen. Es seie zwischen ihnen und dem nächstangrenzenden König, zu dessen Untertanen er gehöret habe, eine große Schlacht geschehen, eine starke Anzahl Gefangene gemacht worden, und dieselbige alle von ihren Überwindern an verschiedene Örter gebracht worden, eine Mahlzeit davon zu halten, eben wie diese hier gewesenen mit denen hieher gebrachten umgesprungen.

Ich hieß Freitag alle Hirnschalen, Knochen, Fleisch und was sonst übergeblieben, auf einen Haufen zusammen legen, ein groß Feuer darunter machen und alles zu Aschen verbrennen. Ich merkte, daß ihm der Magen noch immerzu nach Menschenfleisch stehe und er seiner Natur gemäß noch der vorige Kannibale. Allein ich bezeugte über die bloße Gedanken und den geringsten Schein davon ein solches Grauen, daß er sichs kund zu geben nicht unterstehen durfte, maßen ich ihn auf eine gewisse Weise merken lassen, daß, wo ers täte, ich ihn übern Haufen schießen wollte.

Nach verrichteter dieser Arbeit kehreten wir nach unserm Kastell, und ich fing an, meinen Wilden zu versorgen. Erstlich gab ich ihm ein Paar leinene Hosen, die ich ihm nach einer kleinen Veränderung ganz gut zurechte machte. Sodann nähete ich ihm, so gut ich konnte, ein Wams von Bocksleder und verehrte ihm eine Mütze von Hasenfell, welche noch bequem und formlich genug. Auf solche Art war er vor jetzo zulänglich bekleidet und konnte sich was darmit einbilden, daß ers meist so gut hatte als sein Herr selber. Wahr ists, er ließ sich anfangs possierlich darin, weil ihm das Hosentragen etwas gar Ungewohntes und die Wamsärmel an den Achseln und unterm Arm spanneten. Doch als ich ihm an dem Ort, wo er am meisten darüber klagte, ein wenig geholfen und ers auch allmählich daran gewohnte, zog ers endlich ganz gerne an.

Des andern Tages nach der Heimkunft in meine Pilgerhütte war ich darauf bedacht, wo ich ihn hin logieren sollte. Damit er nun seine Gemächlichkeit und ich auch im geringsten seinethalben nichts zu befürchten hätte, schlug ich in dem leeren Raum zwischen meinen zwo Fortifikationen ein kleines Zelt für ihn auf. Weil nun daselbst eine Türe oder Eingang in meinen Keller, verfertigte ich ein rechtes Gestelle zu einer Türe, und die letztere selbst von Dielen, befestigte sie etwas hineinwärts im Durchgang, verriegelte sie des Nachts und nahm meine Leitern auch hinein. Also daß Freitag durchaus nicht in die innere Seite meiner innersten Mauer kommen konnte, ohne solches Geräusch im Hinübersteigen zu machen, daß michs unfehlbar aufwecken mußte. Dann meine erste Mauer hatte nun eine vollkommene Bühne oder Decke über sich von den langen Pfählen, die ich über das Zelt hinüber an die vorderste Seite des Hügels angespreißet und dann mit dickem Reisstroh, welches so stark als Schilf, beleget hatte. So hatte ich auch vor das Loch, wodurch ich allemal mit der Leiter gestiegen, eine Falltüre gelegt, so da, wann jemand von der Außenseite hereingewollt, gar nicht aufgegangen, sondern heruntergefallen wäre und ein groß Geräusch verursachet hätte. Und was das Gewehr betrifft, nahm ichs alle Nacht sämtlich zu mir nach meiner Seite herein.

Jedoch es bedurfte aller dieser Behutsamkeit nicht, maßen wohl nie kein redlicherer, treumeinenderer und seinen Herrn mehr liebender Diener auf der Welt als Freitag gegen mich gewesen. Da war nichts Eigensinniges, nichts Halsstarriges, nichts Boshaftes, sondern lauter freundliches, williges und unverdrossenes Wesen. Seine herzliche Neigung stund gegen mich wie eines Sohnes zu seinem Vater.

Wie er dann der geschickteste Schüler auf der ganzen Welt und dabei immerzu so lustig, so emsig und, wann er mich nur ein wenig verstehen oder seine Meinung mit bedeuten konnte, so frohe war, daß mirs eine rechte Lust, mit ihm zu reden. Und ich führete allmählich ein so gemächliches Leben, daß ich anfing, bei mir selber zu sagen, wann ich nur vor mehr Wilden sicher wäre, wollte ich nicht darnach fragen, wann ich auch meine Lebetage von diesem Ort nicht mehr weg käme.

Nach ein paar Tagen dachte ich, ich müßte, um Freitag von seiner abscheulichen Gewohnheit, Menschenfleisch zu fressen, abzubringen, ihm ander Fleisch vorsetzen. Zu dem Ende nahm ich ihn an einem Morgen mit mir hinaus ins Gehölze. Meine Meinung war, aus meiner eignen Herde ein Kitzlein zu holen und zurechte zu machen. Allein als ich unterwegens eine Ziege im Schatten liegen und zwei Junge neben ihr stehen sahe, hieß ich Freitag stille halten, schlug meine Flinte an und schoß eines von den Jungen. Der arme Schelm, welcher mich den Wilden zwar auf eine Weite erlegen gesehen, aber wie es zugegangen sich unmöglich einbilden können, erschrak, zitterte, und sahe so bestürzt aus, daß ich dachte, er würde zur Erde sinken. Er hatte das geschossene Kitzlein nicht gesehen, auch nicht gemerkt, daß ichs getötet; sondern machte sein Wams auf, um zu fühlen, ob er auch verwundet, und stak würklich in der Einbildung, ich wäre Sinns, ihn umzubringen. Dann kam er herzu, kniete nieder, umfaßte meine Knie und sagte ein Haufen Zeugs her, so ich nicht verstunde, aber wohl merken konnte, daß er um Verschonung seines Lebens bäte.

Sofort half ich ihm aus dem Traum, mein Absehen seie gar nicht, ihm Leid zu tun, sondern nahm ihn bei der Hand, lachte gegen ihn, wies auf das geschossene Kitzlein und hieß ihns herholen. So er auch tat. Weil ich nun seine Unwissenheit wegen der Flinte vorher schon wahrgenommen, bediente ich mich des Vorteils, sie noch einmal zu laden und ihn nicht sehen zu lassen, wie ichs gemacht, damit ich von frischem schießen könnte. Allein es gab sich nichts mehr an. Also trug ich das Kitzlein nach Hause, streifte ihm selbigen Abend noch das Fell ab, zerwürkte es, so gut ich konnte, und kochte ein Stück Wildbret mit einer guten Brühe. Nachdem ich nun davon zu essen angefangen, reichte ich meinem Diener auch ein Stückchen, und er tat, als obs ihm wohl schmeckte. Das seltsamste aber für ihn war, daß er michs mit Salz essen sahe. Dann er gab mir durch eine Gebärde zu verstehen, Salz seie nicht gesund, steckte einen Bissen in den Mund, tat, als ekelte ihm davor, spie es aus und wusch den Mund mit frischem Wasser. Hingegen nahm ich auch ein Stückchen sonder Salz und tat gleichfalls, als ob ichs wegen Mangels desselben auch wieder ausspeien wollte. Allein es half nichts, und er hatte weder beim gesottenen noch gebratenen Fleisch niemals Lust zum Salz, wenigstens eine lange Zeit.

Gleichwie ich ihn diesmal mit gekochtem Fleisch und einer Brühe gespeiset, also beschloß ich, ihn des andern Tages mit einem Braten zu traktieren. Dies tat ich durch Aufhängung eines Stückes ans Feuer an einem Strick, wie ich von manchen Leuten in Engelland gesehen, welche auf jeder Seite des Feuers einen Stecken in die Erde stecken, einen quer oben drauf legen und diesen öbersten, woran der Braten befestiget wird, mit einem Strick immer herum drehen. Dies bewunderte Freitag sehr. Als er aber das Fleisch erst gekostet, stellete er sich so artig dabei an, daß ich vollkommen schließen konnte, es müßte ihm trefflich schmecken. Endlich bezeugte er mir, er wolle kein Menschenfleisch mehr essen; so ich gar gerne hörete.

Folgenden Tags ließ ich ihn etwas Korn ausschlagen und nach meiner Manier sichten. Er ergriffs in kurzem so gut als ich selber, insonderheit als er sahe, daß es zum Brotbacken dienen sollte, gestalten er auch das Backen und alle andere Arbeit ebenso gut als ich tun lernte.

Jetzo fing ich an zu betrachten, daß ich, weil ich statt eines nunmehr zwei Mäuler zu versorgen hätte, auch mehr Trauben sammeln und zu mehrer Saat auch mehr Kornfeld umgraben müßte. Deswegen steckte ich ein größeres Stück ab und begonnte, es zu umzäunen, worin mir Freitag nicht nur willig und mit aller Macht, sondern auch gar freudig an die Hand ging. Und als ich zu ihm sagte, es geschähe, um mehr Frucht zu bekommen, weil ich seinetwegen jetzo mehr Brot benötigte, schiene er fast traurig darüber und gab mir zu verstehen, es sei ihm leide, daß ich mich nun mehr um ihn als um mich selber bemühen müßte. Also wollte er desto härter vor mich arbeiten, wann ich ihms nur anwiese.

Dies war das lustigste Jahr von allen, so ich auf diesem Eiland zugebracht. Freitag fing hübsch an zu reden und wußte die Namen fast von allen Dingen, die ich nötig hatte, und von jeder Gegend, wo ich ihn hinsenden mußte. Jetzo nützte mir allmählich meine Zunge, die ich vorher je wenig brauchen können, nämlich zum Sprechen. Außer dem Vergnügen, mit ihm zu reden, hatte ich auch meine Freude an dem Burschen selber. Sein ohngefälschtes, ehrliches Gemüt entdeckte sich mir von Tag zu Tag mehr, und ich gewann ihn würklich recht lieb, gleichwie ich seinerseits auch glaube, ich ihm lieber, als sonst etwas sein Lebetag gewesen seie.

Ich begonnte ihn in der Erkenntnis des wahren Gottes zu unterrichten. Ich sagte zu ihm, der große Erschaffer aller Dinge wohne dort droben, nach dem Himmel weisend. Er regiere die Welt durch eben die Macht, womit er sie erschaffen. Er seie allmächtig, vermöge alle Dinge von uns wegzunehmen, und öffnete ihm auf solche Weise allmählich die Augen. Er hörete mir mit großer Aufmerksamkeit zu und nahms mit Freuden an, daß ich ihm von Jesu Christo sagte, er sei gesandt, uns zu erlösen, und wie wirs machen müssen, daß Gott unser Gebet auch droben im Himmel höre. Einstens sagte er, wann unser Gott über die Sonne hinüber hören könne, so müsse er unfehlbar ein viel größrer Gott sein als ihr Benamuckee, welcher nur einen kurzen Weg davon wohne und doch nicht hören könne, bis man auf die große Gebürge, woselbst er wohne, zu ihm hinauf käme. Aber da, fuhr er fort, komme kein junger Mensch hin; niemand als die Alten, welche er ihre Oowokakee, das ist ihre Geistlichen oder Pfaffen, nannte. Diese gingen hin, O zu sagen (er meinte zu beten), und erzählten hernach wieder, was Benamuckee zu ihnen gesagt.

In dankvoller Verfassung brachte ich meine übrige Zeit zu, und der Umgang den Tag über mit Freitag war so, daß die drei Jahre, die wir nachgehends allhier bei einander gelebet, uns in vollkommener Glückfäligkeit vorbei flossen, wann anders hienieden auf Erden vollkommene Glückfäligkeit stattfindet.

Nachdem Freitag und ich noch besser bekannt worden und er mich meist in allem verstehen und, obwohl in gebrochnem Englischen, ziemlich geläufig sprechen konnte, erzählte ich ihm meine eigne Geschichte oder zum wenigsten soviel meine Ankunft an diesem Ort und meinen bisherigen Aufenthalt anbelangt. Ich offenbarte ihm das Geheimnis, dann vorhin wars ihm eines, mit dem Pulver und Blei und lehrte ihn schießen, auch gab ich ihm ein Messer, woran er sich ungemein ergötzte, und verfertigte ihm ein Gehänge auf die Art, als wir sonsten für unsere Hirschfänger tragen, um ein Beil darein zu stecken, welches ihm nicht nur in einigen Zufällen zu einem Gewehre, sondern zu andern Sachen noch weit nützlicher war.

Ich beschriebe ihm das Land von Europa und insonderheit meine Heimat, Engelland. Auf was Weise wir daselbst lebeten, wie wir den Gottesdienst hielten, wie einer dem andern begegnete und wie wir nach allen Teilen der Welt in Schiffen handelten. Imgleichen sagte ich ihm von dem zerscheiterten Schiff und zeigte ihm, so nahe als möglich, die Stelle, wo es läge. Allein es war in Stücke zerschlagen und ganz dahin. So zeigte ich ihm auch die Trümmer von unserm Boot, welches wir verloren, als wir vom Schiff uns hatten ans Land salvieren wollen, und das ich damals mit aller meiner Macht nicht von seiner Stelle bewegen können, sondern durch Länge der Zeit fast ganz zerfallen war. Bei dessen Erblickung stund Freitag eine gute Weile in Gedanken sonder ein Wort zu sagen, bis er endlich auf mein Befragen sagte, er hätte ein dergleichen Boot zu seiner Nation kommen sehen.

Ich verstunde, weil ers ziemlich kauderwelsch vorgebracht, nicht gleich anfangs, was er damit sagen wollte, merkte aber nach fernerm Forschen, es sei ein dergleichen Boot, und zwar durch Sturm, an sein Vaterland verschlagen worden. Sofort bildete ich mir ein, es müßte ein europäisches Schiff auf ihrer Küste gestrandet und das Boot los und ans Ufer getrieben worden sein, war aber dabei so tumm, daß ich nicht einmal daran dachte, ihn zu fragen, ob auch Menschen aus dem zerscheiterten Schiffe entkommen, sondern von ihm bloß die Beschreibung des Boots haben wollte. Er beschrieb mir es noch so ziemlich, öffnete mir aber die Augen noch mehr, als er mit einiger Bewegung hinzu fügte, sie hätten die weißen Menschen vom Ersaufen gerettet. Sofort fragte ich ihn, ob dann weiße Menschen, wie er sie nennete, im Boot gewesen, und bekam den Bescheid, es sei ganz voll weiße Menschen gewesen. Wie ich ihn befragte, wieviel deren, zählte er derselben an den Fingern „siebenzehen". Auf Befragen, wie es ihnen ergangen, versetzte er, sie lebten und wohneten unter seiner Nation. Dies brachte mir neue Gedanken in den Kopf. Dann ich bildete mir gleich ein, es möchten wohl die Leute gewesen sein, so zu dem im Gesichte meines Eilands zerscheiterten Schiffe gehöret, zu Vermeidung ihres unfehlbaren Untergangs in ihr Boot gestiegen und an dem jenseitgen Ufer bei den Wilden gelandet.

Hierauf fragte ich ihn noch genauer aus, wie es ihnen dann ergangen, und bekam die Versicherung, sie seien noch am Leben, sie seien schon bei vier Jahre lang da gewesen. Die Wilden ließen sie alleine und gäben ihnen Lebensmittel. Ich fragte, wie es dann käme, daß sie nicht tot geschlagen und aufgefressen. Allein er sagte, sie hätten vielmehr Brüderschaft (er meinte Frieden) mit ihnen gemacht; setzte auch hinzu, seine Landsleute fräßen keine Menschen, als die sie in der Schlacht fingen. Von dem an, gestehe ich, hatte ich gute Lust, mich hinüber zu wagen und zu sehen, ob ich nicht zu diesen bärtigen Menschen, welche sonder Zweifel Spanier oder Portugiesen wären, kommen könnte, in Hoffnung, wo ich sie anträfe, wir schon ein Mittel ausfinden wollten, von dannen zu kommen. Maßen wir eine starke Gesellschaft und darzu auf dem festen Lande, welche Umstände für das Entkommen günstiger als meine eigene, der ich allein auf einer Insul bei vierzig Meilen weit von dem amerikanischen Gestade. Also brachte ich Freitag wieder auf die Sprünge, daß ich ihm ein Boot geben wollte, auf deme er zu seiner eignen Nation hinüber könnte. Zu dem Ende führete ich ihn zu dem meinigen auf der andern Seite der Insul, schöpfte das Wasser, dessen es allezeit voll gestanden, aus und setzte mich mit ihm hinein. Ich befand, er seie ein recht guter Ruderer und könne es ebenso geschwinde fortschieben und wieder aufhalten als ich selber. Also fragte ich ihn, ob wir nun zu seiner Nation hinüber wollten. Bei dieser Frage schien er sehr melancholisch, weil er das Boot für zu schmal zu einer so weiten Fahrt gehalten haben muß. Hierauf bedeutete ich ihm, ich hätte noch ein größeres. Mithin gingen wir des andern Tages zu dem Boot, das ich anfangs gemacht, aber wegen seiner Schwere nicht ins Wasser bringen können. Dieses war ihm groß genug, aber weil ich es außer der Acht und nun schon zwei- oder dreiundzwanzig Jahre an der Sonne liegen lassen, aufgesprungen, vertrocknet und fast verfaulet. Er meinte aber, es ginge genug Proviant hinein, und man könnte es in solch einem Fahrzeug gar wohl wagen.

Summa, ich war damals so darauf erpicht, mit ihm nach dem festen Land hinüber zu stechen, daß ich zu ihm sagte, wir wollten ein anderes Boot zimmern, ebenso groß als dieses, und darin könnte er hinüber. Demnach ging ich ohne ferneren Aufschub mit ihm aus, einen großen, zum Fällen bequemen Baum zu suchen und eine große Periagua oder Kanoe daraus zu hauen. Nun stunden freilich Bäume genug da, davon man nicht nur Nachen, sondern von ziemlich großen Schiffen eine kleine Flotte bauen können, allein meine Absicht ging auf einen solchen Stamm, der so nahe als möglich am Wasser stünde, um nicht den ehemaligen Fehler zu begehen. Endlich wählete Freitag einen; als der ohnedem besser als ich wußte, was für Holz darzu am tauglichsten. Noch kann ich auf diesen Tag den Baum nicht nennen, außer daß es eine Art von denen gewesen, so wir Fustik heißen, oder eine mittlere Gattung zwischen diesem und dem Nikaraguaholze, weil es meist von eben der Farbe und Geruch. Mein Kamerade hielt fürs beste, den Baum mit Feuer auszuhöhlen. Allein ich zeigete ihm, wieviel leichter wir ihn mit unsern Werkzeugen aushauen könnten. Womit er dann, als ich ihm den Gebrauch erst recht gewiesen, gar gut und geschwinde arbeitete, also daß wirs in etwa einem Monat durch harte Arbeit endigten und mit unsern Äxten den äußern Teil zur rechten geschicklichen Form eines Bootes hieben. Doch kostete es uns noch wohl vierzehen Tage drüber, ihn gleichsam Zoll für Zoll auf großen Walzen ins Wasser zu bringen.

Als er erst drinnen, sahe ich mit Verwunderung, wie geschicklich ihn mein Bursch regieren, wenden, fortrudern und wieder anhalten konnte. Also fragte ich ihn, ob er wollte und ob wir uns darin hinüber wagen dürften. Und bekam zur Antwort, es würde keine Schwierigkeit setzen, wann auch gleich ein starker Wind wehete. Jedoch ich hatte noch etwas anders im Sinn, davon er noch nichts wußte, nämlich einen Mast und Segel darzu zu verfertigen und es mit einem Anker und Tau zu versehen. Ein Mast war leicht zu haben, und ich ließ einen jungen, geraden Zedernbaum, deren es hier eine Menge hatte, zu dem Ende ab- und behauen. Vor das Segel aber mußte ich allein sorgen. Daß ich alte Segel oder vielmehr Lappen von alten Segeln genug hätte, wußte ich wohl. Aber weil ich sie nun schon sechsundzwanzig Jahre bei mir und nicht sonderlich verwahret hatte, hielte ich sie alle für verfaulet, gleichwie die meisten auch waren. Doch fand ich noch etliche ziemlich gute Stücke und flickete mit großer Mühe und vielen ungeschickten, verdrießlichen Stichen, weil ich keine Nadeln hatte, endlich ein unförmliches dreieckichtes Segel und noch eine kleine Focke zusammen.

Mit dieser letztern Arbeit, nämlich das Boot mit Mast, Segeln und Tauwerk zu versehen, brachte ich zween Monate zu. Dann ich schaffete alles völlig an, mit einem kleinen Stag und darzu gehörigem Segel, wann wir etwa allzu scharf in den Wind stechen müßten. Ja, was noch mehr, ich befestigte hinten ein Steuerruder; und ob ich wohl nur ein ungeschickter Schiffbauer, machte ichs doch mit rechtem Fleiß und Mühe, weil mir der Nutzen, ja die Notwendigkeit desselben wohl bewußt. Nachdem alles im Stande, hatte ich meinen Spießgesellen in der Schiffahrt zu unterrichten. Dann ob er gleich einen Nachen ganz gut mit dem Ruder regieren konnte, verstund er doch noch kein Steuer und wie das Segel je nach dem Winde zu drehen usw. Wie er dieses von mir sahe, stund er als entzückt, begriffs aber gar bald und wurde in kurzem ein vollkommener Bootsmann, bis auf den Kompaß, der ihm gar schwer einging. Hingegen weil es in dieser Himmelsgegend gar selten oder niemals neblicht Wetter, konnten wir den Kompaß desto besser entbehren, indem man bei Nacht das Gestirn und bei Tag das Ufer allezeit sehen konnte, außer in den Regenmonaten, worin aber niemand, weder zu Wasser noch zu Lande, sich ausbegab.

Nunmehr war ich in das siebenundzwanzigste Jahr meiner hiesigen Pilgrimschaft getreten, wiewohl mirs die drei letzte Jahr über, da ich meinen treuen Knecht bei mir und ich meine Wohnung ganz in einen andern Stand als vorher gesetzet hatte, gar leidlich war. Ich beging das Jahrgedächtnis meiner hiesigen Anländung mit gewöhnlicher Danksagung gegen Gott für seine Wohltaten, und wann ich zuvor Ursache, erkenntlich zu sein, gehabt, hatte ich sie gewiß jetzo noch mehr. Auch lebte ich jetzt in der Hoffnung, würklich und bald errettet zu werden, maßen ich mich in meinem Gemüte fest versicherte, meine Befreiung seie in der Nähe, und ich werde kein Jahr mehr an diesem Orte sein. Jedoch fuhr ich mit meinen übrigen Hausgeschäften gewöhnlichermaßen fort, sammelte und dörrete meine Trauben und verrichtete alle Notdurft wie vorhin.

Mittlerweile kam mir die nasse Zeit auf den Hals, worin ich mehr als sonst zu Hause blieb. So hatte ich auch unser neues Fahrzeug bestmöglichst gesichert, indem ichs hinein in die Bucht, wohin ich allemal mit meinen Flößen gefahren, und bei hohem Wasser ans Ufer herauf gebracht, woselbst ich meinen Kameraden eine kleine Schiffsstelle ausgraben lassen, darin es eben Raum hatte, also daß das Loch just so tief, daß Wasser genug, um es flott zu halten, hineinlaufen konnte. Als nun die Flut verlaufen, warfen wir einen starken Damm auf vorn herüber, damit kein Wasser hinein dränge und es also bei der hohen Flut vor der See sicher und trocken läge. Um auch den Regen abzuhalten, überdeckten wirs mit Baumästen so dichte, daß es gleichsam ein Dach über sich hatte. Und so erwarteten wir des Novembers und Dezembers, in welchen Monaten ich meine Abreise anstellen wollte.

Als sich das gute Wetter allmählich gesetzt, erneuerte sich mit demselben auch mein Vorhaben zur Abfahrt. Zu dem Ende sorgte ich erstlich vor einen gewissen Vorrat Eßwaren und Getränke und gedachte, in ein paar Wochen die gegrabene Schiffsstelle durch zu stechen und mein Boot ins Wasser heraus zu ziehen. Indem ich nun an einem Morgen mit dergleichen etwas beschäftiget, rief ich Freitag und hieß ihn an den Strand hinab gehen, um eine Schildkröte zu suchen, wie wir insgemein wöchentlich einmal wegen der Eier sowohl als des Fleisches getan. Er war nicht lange weg gewesen, so sprange er zurücke, flog gleichsam als einer, der den Boden unter sich nicht einmal fühlet, über meine äußerste Mauer hinüber und schrie, ehe ich noch zu Worten kommen könnte: „O Herr! O Herr! O Jammer! O Elend!" „Was ists dann?" frage ich ihn. „O da drunten," antwortete er vor Angst, „da drunten ein, zween, drei Kanoes. Ein, zween, drei." Hieraus schloß ich, es wären ihrer sechse, vernahm aber auf ferners Befragen, es seien ihrer nur dreie. „Nun, nun, Freitag," sagte ich, „sei nicht bange!" und sprach ihm, so gut ich konnte, ein Herz ein. Allein ich merkte, daß der arme Schelm vor Schrecken ganz außer sich selber war, dann es stund ihm in seinem Sinn nichts anders vor, als die Kannibalen seien hergekommen, ihn aufzusuchen, tot zu schlagen und aufzufressen. Er zitterte und bebete, daß ich nicht wußte, was ich mit ihm anfangen sollte. Ich sprach ihm zu, gutes Muts zu sein, meine Gefahr seie ebenso groß als die seine, sie würden mich eben sowohl auffressen als ihn. „Aber," sagte ich, „wir müssen uns zum Gefecht entschließen. Kannst du fechten, Freitag?" „Ach ja, ich wollte gerne schießen," versetzte er, „aber da kommt so ein großer Haufen." „Liegt nichts daran," erwiderte ich, „unsre Rohre sollen denen, die wir nicht treffen, schon eine Furcht einjagen." Also fragte ich ihn, ob, wann ich ihn defendieren würde, er wohl desgleichen für mich tun, bei mir aushalten und was ich ihn hieße, verrichten wollte. „Ach ja, Herr," sagte er, „ich will gern sterben, wann Ihrs befehlet." Hierauf holte ich einen guten Schluck Rum und gabs ihm. Nachdem ers ausgetrunken, hieß ich ihn, die beide Vogelflinten, die wir allezeit mitgenommen, mit grobem Schrot, so groß als kleine Pistolenkugeln, laden. Ich selber lud vier Musketen, jede mit zwei Stückchen Eisen und fünf Laufkugeln, und jede Pistole auch mit ein paar völlig großen Bleikugeln. Das Schwert hängete ich nach Gewohnheit an die Seite ohne Scheide und gab Freitag sein Beil.

Nach geschehener solcher Zurüstung nahm ich mein Fernglas, kletterte auf den Hügel hinauf, ob ich etwas entdecken könnte, und sahe sofort, daß einundzwanzig Wilde, drei Gefangene und drei Kanoes vorhanden und ihr ganzes Geschäft in der Zurichtung einer Siegesmahlzeit von diesen dreien menschlichen Leichnamen bestünde. Ich beobachtete auch, sie seien nicht an dem Ort ausgestiegen, wo Freitag ihnen entwischet, sondern näher an meiner Bucht oder Einfurt, woselbst das Ufer niedrig und sich ein dickes Gehölze fast bis an die See hinab erstreckte. Dieses und der Greuel vor der entsetzlichen Arbeit, so diese Unmenschen vorhatten, erweckte in mir einen solchen Grimm, daß ich wieder zurücke nach meinem Diener lief, ihm sagte, wie ich willens, auf sie loszugehen und sie alle umzubringen. Fragte ihn also, ob er mir beistehen wollte. Gleichwie nun seine Furcht ein wenig vergangen und durch den Schluck Zuckerbranntwein die Lebensgeister wieder ermuntert worden, also war er ganz lustig und wiederholte seine vorige Worte, er sei bereit, für mich zu sterben, wann ichs verlangte.

In dieser ersten Hitze teilte ich das geladene Gewehr unter uns beide also aus. Freitag sollte eine Pistole in seinen Gürtel stecken und drei Rohre auf die Achseln nehmen. Ich hingegen nahm die andere Pistole und die drei übrige Büchsen selber auf die Schultern, und in solchem Aufzug ging der Marsch vor sich. Ich hatte ein Fläschlein Rum in meinen Sack gesteckt und meinem Spießgesellen einen großen Beutel mit Pulver und Blei gegeben. Die Ordre lautete so: er sollte ganz nahe hinter mir hergehen und nicht neben aus treten, schießen, noch sonst etwas beginnen, bis ichs ihn heiße; mittlerweil aber nicht ein Wort sprechen. In solcher Positur tat ich bei einer englischen Meile weit auf der rechten Hand einen Umschweif, sowohl um über die Bucht oder den Arm von der See hinüber als auch ins Gehölze zu kommen, damit ich schon einen Schuß weit bei ihnen wäre, ehe sie mich merken könnten. Welches daß es anginge, ich durch mein Perspektiv gesehen hatte.

Traten also in den Wald hinein und gingen so vorsichtig und leise als nur möglich bis an dessen Ende auf der Seite, die ihnen am nächsten lag, außer daß da eine Ecke des Waldes zwischen ihnen und mir lag. Hier sprach ich sachte zu meinem Gesellen, er sollte hin zu einem großen Baum, den ich ihm zeigte, recht an der Ecke des Waldes hingehen und mir Bescheid bringen, ob mans von dar deutlich sehen könne. Sofort brachte er mir die verlangte Nachricht: man könne sie ganz klar sehen, sie säßen alle ums Feuer herum und verzehrten das Fleisch des einen Gefangenen, noch einer aber liege gebunden auf dem Sand ein wenig von ihnen weg, den sie, wie er sagte, auch bald tot schlagen würden. Er berichtete mir auch, es sei keiner von seiner Nation, sondern einer von denen bärtigen Männern, so in dem Boot in ihr Land hinüber gekommen. Der bloße Name eines weißbärtigen Menschen erweckte in mir ein Grausen, ich trat zum Baum hin und sahe durch mein Perspektiv ganz deutlich eine weiße Mannsperson auf dem Gestade liegen, der die Hände und Füße mit Schilf oder Binsen gebunden, und daß es ein Europäer, der Kleider an hätte. Noch stund ein Baum und ein dickes Gesträuch darüber hinaus, bei fünfzig Schritt näher als meine jetzige Stelle, wohin ich wohl sahe, ich über einen kleinen Umgang ohngesehen dahin kommen könnte und sodann nur auf einen halben Schuß von ihnen wäre. Also hielte ich meinen Zorn zurücke, unerachtet ich im höchsten Grad erbittert, trat etwa zwanzig Schritt hinwärts und schlich durch die Büsche immerhin bis an den andern Baum. Hier fand ich ein erhabenes Erdreich, von dar ich sie auf ungefähr vierzig Schritte vollkommen sehen konnte. Jetzo hatte ich keinen Augenblick mehr zu versäumen. Dann es saßen dieser barbarischen Hunde neunzehn an der Zahl auf dem Boden ganz dichte beisammen und hatten eben die zween andere hingesandt, den armen Christen zu schlachten und vielleicht ein Glied davon nach dem andern an ihr Feuer zu legen. Wie diese sich nun eben gebückt, ihm die Bande um die Füße los zu machen, kehrte ich mich nach Freitag um und sagte: „Nun tue, was ich dir sage", und als er mit Ja geantwortet, wiederholete ich, er sollte mir ja alles genau nach tun und nichts versehen. Also legte ich eine Muskete und eine Flinte auf die Erde, und Freitag tat desgleichen. Mit der andern Muskete schlug ich auf die Wilden an, Freitag nicht weniger. Und als ich ihn ganz fertig zum Schuß fande, hieß ich ihn Feuer geben, und indeme brannte ich auch los.

Er hatte besser als ich gezielet, maßen an derjenigen Seite, auf die er angeschlagen, zwei Tote und drei Verwundete, hingegen auf der meinigen nur einer tot und zween blessieret. Sie gerieten, wie leicht zu erachten, in eine äußerste Bestürzung und sprangen alle, so noch unbeschädiget, auf und wollten davon laufen, wußten aber nicht wohin. Dann sie hatten noch nicht gemerkt, aus was für einer Ecke man ihnen die Mahlzeit so übel gesegnet. Freitag sahe steif auf mich, um alles, was ich täte, geschwinde nach zu tun. Sobald nun der Schuß getan, legte ich die Muskete weg und nahm die Flinte. Freitag tat desgleichen. Er sahe mich spannen und zielen und machte es alles nach. „Bist du fertig?" fragte ich. „Ja", antwortet er. „Nun, dann in Gottes Namen, gib Feuer!" Darauf drückten wir unter die erschrockene Hunde los; weil das Gewehr aber nur mit Laufkugeln geladen, fielen zwar nur zween, wurden aber ihrer so viele verwundet, daß sie mit Schreien und Heulen als unsinnige Menschen herum liefen, alle blutig und die meisten sehr hart getroffen. Wovon bald darauf noch ihrer dreie, obwohl nicht völlig tot, darnieder sanken.

Nun sagte ich, nachdem ich die abgeschossene Flinte weggelegt, Freitag sollte ferner tun, wie er von mir sähe, wozu er auch willig und beherzt war. Indeme drang ich zum Busch hinaus und ließ mich mit meinem Kameraden sehen. Sobald ich merkte, daß sie meiner gewahr würden, schrie ich, so laut ich konnte, hieß

Freitag ein gleiches tun und lief so geschwinde, als sichs mit den schweren Waffen schickte, gerade nach dem armen Schlachtopfer zu, welches aufm Strande zwischen dem Platz, wo sie gesessen, und dem Meer lag. Die zween Henker, so ihm eben den Rest geben wollen, hatten ihn auf den Knall unserer ersten Salve verlassen und waren in schröcklicher Angst nach dem Wasser zu geflohen und in einen Kanoe hinein gesprungen, denen noch drei andere nachliefen. Auf diese sollte Freitag Feuer geben. Er verstund mich augenblicklich, lief etwa vierzig Schritt näher hin, brannte los und hatte meiner Meinung nach alle erschossen. Dann ich sah sie alle im Boot übern Haufen fallen. Doch stunden ihrer zween wieder geschwinde auf. Gleichwohl hatte er ein paar davon erleget und den dritten verwundet, also daß er im Boot für maustot da lage. Während mein tapferer Freitag auf sie geschossen, zog ich mein Messer heraus, schnitt die binsene Stricke von den Händen und Füßen des Gefangenen los, hub ihn auf und fragte ihn auf portugiesisch, wer er seie. Er antwortete in Latein: „Christianus", war aber dabei so schwach und unmächtig, daß er kaum stehen und reden konnte. Ich bot ihm das Brantweinfläschlein dar und hieß ihn einen Schluck nehmen, so er auch tat. Imgleichen gab ich ihm einen Bissen Brot, welches er auch verzehrete. Auf mein ferneres Befragen, was für ein Landsmann er seie, sagte er, er seie ein Spanier, und gab mir, als er sich ein wenig erholet, durch alle mögliche Kennzeichen zu verstehen, wie hoch er in meiner Schuld wegen seiner Befreiung. „Mein Herr," versetzte ich so gut spanisch, als ich zusammen bringen konnte, „wir wollen hernach schwatzen, aber jetzt müssen wir fechten." Hieß ihn auch, wann er anders noch einige Kräfte übrig hätte, eine Pistole und mein Schwert in die Hand nehmen. Er nahms mit vielem Dank an und hatte sie kaum in Händen, so rannte er, als ob er dadurch neue Kräfte bekommen, auf seine Mörder als eine Furie los und hatte im Augenblick ihrer zween zuschanden gehauen. Dann die arme Schelme waren über den Knall unserer Schießgewehre dermaßen erschrocken, daß sie vor lauter Bestürzung und Angst niedergefallen und ebenso wenig Macht gehabt, ihre Flucht zu wagen, als ihre Haut hart genug, unsern Kugeln zu widerstehen. Und so verhielte sichs eben mit denen fünfen, welchen Freitag in das Boot nachgeschossen. Dann gleichwie ihrer dreie vom Schuß gefallen, also purzelten die andern zween aus bloßem Schrecken um.

Ich hielte mein Rohr noch immerzu geladen in der Hand, um, weil ich dem Spanier meine Pistole und Schwert geliehen, zum Schuß fertig zu sein. Also rief ich Freitag und hieß ihn eilends, die losgeschossene Büchsen von dem Baum her zu holen, so er auch in größter Geschwindigkeit verrichtete. Hierauf gab ich ihm meine Muskete, setzte mich nieder, die übrige alle wieder zu laden, und hieß sie dann, wann sie's benötiget, von mir abholen. Während ich in solcher Ladung begriffen, entstund ein gefährliches Handgemenge zwischen dem Spanier und einem

Wilden, welcher mit einem ihrer schweren, hölzernen Schlachtschwerter auf ihn eingedrungen. Der Spanier, der so ein beherzter und tapferer Kerl, als man sich nur einbilden kann, hatte sich bei seiner Kraftlosigkeit dannoch gegen den Wilden eine gute Weile gewehret und ihm zwei große Wunden in den Kopf gehauen; der Wilde hingegen ihn als ein starker, hurtiger Bursche gefaßt und aus Unkräften an die Erde geworfen, und bemühete sich eben, ihm mein Schwert aus der Hand zu ringen. Allein hier ließ der Spanier, ob er schon unten lag, das Schwert weislich fahren, zog die Pistole geschwind aus dem Gürtel und schoß den Wilden durch den Leib, daß er, ehe ich ihm noch zu Hülfe kommen können, schon gestrecket lag.

Weil Freitag nun in seiner Freiheit, verfolgte er die flüchtige Schufte, ohne etwas als sein Beil in der Hand habend. Doch eben damit gab er auch denen dreien, welche anfangs verwundet und niedergefallen waren, imgleichen allen übrigen, die er nur ertappen konnte, ihren Rest. Der Spanier aber, dem ich auf sein Begehren zwo Flinten gegeben hatte, setzte zween Wilden nach und blessierte sie beide. Doch weil er nicht stark laufen konnte, entwischten sie ihm ins Gehölze, worin Freitag gleichwohl den einen vollends tötete. Allein der andere war ihm zu schnelle und bei allen seinen Blessuren dennoch ins Wasser gesprungen und schwamm nun mit aller Macht nach denen zween im Kanoe zu, also daß diese drei im Kanoe mit einem Verwundeten die einzige waren, so von einundzwanzig unsern Händen entgangen.

Diejenige, so im Kanoe waren, ruderten aus allen Kräften, uns aus dem Schuß zu kommen; und ob Freitag gleich ein paarmal auf sie feuerte, merkte ich doch nicht, daß er einen davon getroffen. Er redete mir zwar zu, wir wollten einen ihrer zurückgebliebenen Kanoes nehmen und ihnen nachsetzen; wie mir dann auch selber wegen ihrer Entkommung bange, maßen sie die üble Zeitung nach Hause bringen und mit vielleicht etlich hundert Wilden wieder herüber kommen und uns durch ihre Menge allein aufreiben würden. Also ließ ich mirs gefallen, ihnen nach zu setzen, lief hin, sprang in einen Kanoe und Freitag hinter mir drein, fand aber zu meiner Verwunderung noch einen armsäligen Menschen an Händen und Füßen gebunden da liegen, den seine barbarische Landsleute gleichfalls zur Mahlzeit hatten brauchen wollen, wann sie von uns nicht daran gestöret worden. Er war vor lauter Furcht, weil er nicht wußte, was vorging, halb tot. Dann er hatte nicht die Macht, über das Boot heraus zu gucken, und weil er oben und unten so hart und schon so lange zusammen geschnüret in der Tat wenig Leben mehr in sich. Sofort schnitt ich die zusammengeflochtene Binsen entzwei und wollte ihm aufhelfen. Allein er konnte weder stehen noch reden, sondern winselte nur erbärmlich, vielleicht in der Meinung, man habe ihn nur darum los gemacht, daß er jetzo sollte gemetzelt werden. Als Freitag zu ihm hingetreten, hieß ich ihn mit ihm reden und ihm seine Befreiung ankündigen; nahm auch das Fläschlein aus dem Sack und ließ ihn einen Schluck draus tun, welches ihn, samt der Nachricht von seiner Errettung, wieder lebendig machte, daß er im Boot aufrecht saß. Aber als Freitag ihn sprechen gehöret und ihm recht unter die Augen geguckt, sollten sie einem wohl selber übergegangen sein, wenn man gesehen, wie er ihn umarmet, geküßt, gedrückt, geschrien, gelacht, gerufen, herum gehüpft, getanzt, gesungen, dann wieder geschrien, die Hände gerungen, sich selber aufs Gesicht und Haupt geschlagen und dann abermals gesungen und herum gesprungen, recht als ein wahnwitziger Mensch. Es dauerte eine gute Weile, ehe ich die Ursache seines seltsamen Beginnens aus ihm bringen konnte. Doch als er erst wieder ein wenig zu sich selber gekommen, berichtete er mir, es seie sein Vater! Unmöglich ist mirs, auszudrücken, wie sehr michs gerühret, als ich sahe, was die Entzückung und kindliche Liebe in diesem armen Schelmen bei Erblickung seines Vaters und über dessen Errettung vom Tode gewürket! So kann ich auch nicht die Hälfte seiner recht übermachten Bemühungen und Dienstfertigkeit beschreiben. Dann er lief unzähligemal aus dem Boot und in das Boot. Wann er drinnen, setzte er sich zu ihm nieder, machte das Wams auf und hielt seines Vaters Kopf wohl eine halbe Stunde lang an seine Brust, ihm gleichsam Kräfte zu geben. Nächstdeme rieb er ihm die Arme und Knöchel, welche vom Binden ganz steif waren, mit seinen Händen, und als ich merkte, was es bedeute, gab ich ihm etwas Rum aus dem Fläschlein, ihn damit zu reiben, welches ihm sehr wohl bekam. Dieser Handel verhinderte unsre Verfolgung der andern Wilden im Boot, welche indes fast gänzlich aus unserm Gesichte weg waren, und zwar zu unserm Glücke; maßen es ein paar Stunden hernach, ehe sie noch den vierten Teil ihres Weges zurücke gelegt, dermaßen, und zwar die ganze Nacht hindurch aus dem Nordwesten, folglich ihnen entgegen, gestürmet, daß ich mir nicht einbilden konnte, daß ihr Boot aushalten oder sie ihre eigne Küste jemals erreichen würden.

Sobald ich meine vom Feind gerettete zween Gefangene unter Dach und zu Bette gebracht, sann ich auch auf ihre Speisung. Zum ersten hieß ich Freitag, einen jährigen Bock von meiner besondern Herde abtun, schnitte das hintere Vierteil in Stück, ließ es mit ein wenig Gerste und Reis langsam kochen und machte gewiß ein niedliches Gerichte von Fleisch und Suppe für sie zurechte. Weil ichs nun vor meiner Festung draußen gekochet, maßen ich in der innern Mauer kein Feuer angelegt, trug ich, sobald es gar, alles in das neue Zelt auf einen Tisch, setzte mich zu ihnen hin, hielt mein eigen Mittagsmahl zugleich und munterte sie möglichsten Fleißes zur Lustigkeit auf, wobei Freitag mein Dolmetsch, absonderlich bei seinem Vater, ja auch bei dem Spanier war, maßen der Spanier die Sprache der Wilden ziemlich redete.

Nach verrichtetem Essen befahl ich ihm, in einem Nachen unsere wegen Mangel der Zeit auf der Walstatt zurück gelassene Schießgewehre herzuholen, des andern

Tags aber die toten Körper der Wilden, welche öffentlich in der Sonne lagen und bald einen schädlichen Gestank verursachet hätten, zu begraben, imgleichen die scheußliche Überbleibsel ihrer barbarischen Gastung, deren ich wußte eine ziemliche Menge vorhanden, zu verbrennen. Welches er dann alles pünktlich verrichtet und sogar den geringsten Schein, daß einmal Wilde da gewesen, gleichsam ausgelöschet, daß ich nachgehends den Platz nicht mehr anders als an der Ecke des Waldes kannte.

Hierauf ließ ich mich allmählich in ein Gespräch mit meinen zween neuen Untertanen ein und gleich anfangs durch Freitag seinen Vater befragen, was ihn von denen im Kanoe entwischten Wilden dünke und ob er wohl gläube, daß wir uns ihrer Zurückkunft mit solcher Macht, die uns abzuhalten zu stark wäre, zu befahren hätten. Seine erste Meinung war, das Boot würde den die ganze Nacht über anhaltenden Sturm nicht ausgestanden haben, sondern die Wilden darinne ertrunken oder südwärts an die andere Küste verschlagen worden sein, da es sie eben sowohl das Leben von den dasigen Menschenfressern kosten würde, als ob sie ersoffen wären. Was sie aber tun möchten, falls sie glücklich an ihr Land kämen, wüßte er nicht. Doch seien sie seines Erachtens durch die ganz besondere Art ihrer Überfallung, wie auch durch den Knall und das Feuer der Musketen dermaßen erschröcket worden, daß er gläube, sie werden ihrer Nation erzählen, ihre Kameraden seien alle vom Blitz und Donner und nicht durch Menschenhand erschlagen, und die zween, so da erschienen, nämlich Freitag und ich, seien zween himmlische Geister oder Furien, so von oben herab gekommen, sie zu vertilgen, aber keine Männer mit Waffen. Dies, sagte er, wisse er gewiß, weil er sie insgesamt in ihrer Sprache einander also zurufen gehöret. Dann sie könnten unmöglich begreifen, wie ein Mensch Feuer schießen und Donner sprechen und, ohne die Hand aufzuheben, einen andern in der Ferne tot schlagen könnte. Indes schwebte ich ihrer Zurückkunft wegen eine gute Zeit in stäter Furcht, hielt auch mit meiner ganzen Armee beständige Wache, maßen ichs, da wir nunmehr selbviere, in offnem Felde gar wohl mit ihrer hundert aufgenommen hätte.

Doch da in kurzer Zeit kein Kanoe mehr zum Vorschein kam, verlor sich auch die Furcht; und ich griff zu meinen vorigen Gedanken wegen einer Hinüberreise nach dem festen Lande, indem mir Freitags Vater zugleich versichert, wo ich dahin ginge, würde mir seine Nation seinetwegen alles Liebe und Gute erzeigen. Allein ich hielte mit diesen Gedanken doch eine Weile inne, nachdem ich in einem ernstlichen Diskurs mit dem Spanier verstanden, es seien noch sechzehen Köpfe seiner Landsleute und Portugiesen im Schiffbruch dahin verschlagen worden, die zwar mit denen Wilden in Frieden lebten, aber es bloß wegen allerhand Mangel und insonderheit wegen ihres Lebens wider Willen tun müßten. Ich fragte ihn um alle Umstände ihrer Reise und vernahm, es sei ein spanisches Schiff gewesen, so von Rio de la Plata nach der Havana segeln, seine Ladung, welche hauptsächlich in Häuten und Silber bestanden, daselbst lassen, hingegen europäische Waren dafür einnehmen sollen. Sie hätten fünf portugiesische Matrosen, so sie aus einem gescheiterten Schiff aufgenommen, am Bord gehabt. Fünfe ihrer eigenen Leute seien, als das Schiff untergegangen, ertrunken, diese aber durch unsägliche Mühe und Gefahr meistens von Hunger halb tot, an die kannibalische Küste gekommen, allwo sie sich gleich alle Augenblick aufgefressen zu werden besorgen müssen. Schießgewehr hätten sie bei sich gehabt, aber wegen Mangel an Pulver und Blei nicht brauchen können, weil ihnen die Wellen alle ihr Pulver verderbet, bis auf etwas weniges, womit sie sich bei ihrer ersten Landung einiges Wildbret geschossen. Auf Befragen, wie er wohl meinte, es ihnen aufs die letzte ergehen möchte und ob sie nie auf ihre Flucht gedacht, antwortete er, sie hättens manchmalen unter sich beratschlaget; allein, da sie weder Fahrzeuge noch Gerätschaft, eines zu zimmern, noch irgends einigen Proviant gehabt, seien die Ratschläge allemal auf Tränen und äußerste Betrübnis ausgelaufen. Ich fragte ihn auch, wie er wohl gedächte, sie einen von mir etwa ihnen zu tuenden Vorschlag zur Flucht annehmen würden, und ob ich nicht von ihnen, wann sie alle hier wären, meinen Untergang zu befürchten. Ich sagte ihm auch ganz treuherzig heraus, mir grauete sehr vor ihrer Verräterei und üblen Begegnung, falls ich mein Leben in ihre Hand setzte. Maßen Dankbarkeit unter Menschen eben keine beständige Tugend, so mäßen die Leute auch ihre Gegenbezeugungen nicht so sehr nach der tragenden Schuldigkeit als dem daher zu hoffenden Vorteil. Mir würde sehr wehe tun, daß ich das Werkzeug ihrer Befreiung sein und hernach ihr Gefangener in Neuspanien werden sollte, woselbst ein Engelländer, durch was für Not oder Zufall er auch dahin käme, unfehlbar sein Leben lassen müsse. Und ich wollte lieber denen Wilden übergeben und lebendig aufgefressen werden, als denen katholischen Pfaffen in ihre unbarmherzige Klauen geraten und mich in die Inquisition schleppen lassen. Sonsten (fügte ich hinzu) sei ich versichert, daß, wann sie sämtlich hier, wir mit so starker Mannschaft eine Barke bauen könnten, welche groß genug, uns alle entweder südwärts nach Brasilien oder nordwärts an die spanischen Eilande und Küste zu bringen. Würden sie mich aber, wann ich ihnen Waffen in die Hände gegeben, statt der Vergeltung mit Gewalt unter ihr eigen Volk weg führen, dürfte mir für meine Gutheit übel begegnet und mein Zustand schlechter als vorher werden. Er antwortete mir mit einem besonders redlichen und freimütigen Wesen, ihr Zustand sei so erbärmlich und sie beseufzeten ihn dermaßen, daß er gläube, sie würden auch vor dem bloßen Gedanken, einem Menschen, der zu ihrer Befreiung etwas beitrüge, übel zu begegnen, einen Abscheu tragen. Er wolle nach meinem Belieben mit dem alten Wilden hinüber, mit ihnen darüber reden und mir die Antwort zurücke bringen. Er gedächte auf ihren feierlichen Eid Bedingungen mit ihnen aufzurichten, daß sie ganz und gar unter meiner, als ihres Befehlshabers und Obristen, Führung stehen, auch bei den Heiligen Sakramenten und dem Evangelio schwören sollten, mir getreu zu sein und nach solchen christlichen Ländern und keinen andern, als mir gefielen, zu gehen und meinen Befehlen durchaus zu gehorchen, bis man in dasjenige Land, wohin ich gedachte, gekommen. Hiervon wollte er mir einen von ihnen unterschriebenen Kontrakt bringen. Hiernächst sagte er, er wolle mir selber zuerst angeloben, niemals mein Lebtag von mir zu gehen, bis ichs ihm befähle, und wann sich die geringste Untreue unter seinen Landsleuten ereignete, auf meiner Seite bis auf den letzten Blutstropfen zu stehen. Es seien lauter höfliche, ehrliebende Bursche und steckten in der größten Not, so nur zu ersinnen; maßen sie weder Waffen noch Kleider noch Proviant hätten, sondern bloß denen Wilden auf die Hände sehen müßten, ohne einzige Hoffnung, ihr Vaterland jemals wieder zu sehen, und gläube er festiglich, daß, wann ich ihre Errettung unternähme, sie bei mir leben und sterben würden. Auf diese Versicherungen beschloß ich, ihre Rettung womöglich zu wagen und den alten Wilden mit diesem Spanier der Traktaten halber hinüber zu schicken. Doch als wir alles zur Abfahrt fertig gemacht, brachte der Spanier selbst einen Entwurf auf die Bahn, aus welchem teils so viel Klugheit, teils aber auch so viele Redlichkeit hervor leuchtete, daß ich damit völlig zufrieden sein, aber seinem Rat zufolge die Befreiung seiner Kameraden wenigstens noch ein halbes Jahr anstehen mußte. Die Sache verhielt sich so:

Er war nun bei vier Wochen hier gewesen. Während dieser Zeit hatte ich ihn sehen lassen, auf was Weise ich mir unter Gottes Segen meinen Vorrat angeschafft; er hingegen angemerkt, daß derselbe, verstehe an Reis und Gerste, zwar für mich, aber für meine ganze Haushaltung, die nun auf viere angewachsen, wann wir uns nicht gar genau behelfen wollten, nicht zulänglich, auch es noch viel weniger sein würde, wann seine Landsleute, deren er noch vierzehen am Leben rechnete, herüber kämen, am allerwenigsten aber zureichte, unser Schiff mit nötigen Lebensmitteln zur Reise nach einer derer Kolonien in Westindien zu versorgen. Also deuchte mich ratsamer, ihn und die zween andre noch mehr Felder zu so viel Saat, als ich missen könnte, umgraben zu lassen und noch eine Ernte desfalls abzuwarten, weil sonsten seine Landsleute bei vorfindendem Mangel hernach leicht ihren Kontrakt aufheben und sich nicht anders als aus einer Not in die andre versetzet achten möchten. Diese seine Erinnerung geschahe so zu rechter Zeit, und sein Rat war so gut, daß mir sein Vorschlag sowohl als seine Treue ungemein gefallen mußte. Also legten wir alle viere uns, so gut sichs mit den hölzernen Schaufeln schickte, aufs Umgraben und hatten in Monatsfrist, an dessen Ende die Saatzeit einfiel, so viel Land umgegraben und gereiniget, als wir zu zweiundzwanzig Scheffeln Gerste und zu sechzehen Krügen voll Reis nötig hatten, welches dann alle das Korn war, so wir missen konnten. Ja, wir ließen uns nicht einmal Gerste genug über für die sechs Monate, die wir auf unsre Ernte warten mußten, nämlich von der Zeit an zu rechnen, da wir unsre Saat zum Aussäen besonders gelegt, maßen man sich nicht einzubilden hat, daß sie in diesem Lande ein ganzes halbes Jahr in der Erden liegen bleibe.

Weil wir nun stark genug, uns für Wilden, sie wären dann in übergroßer Anzahl gekommen, nichts zu fürchten, marschierten wir überall auf dem ganzen Eiland, wann wirs nötig hatten, frei herum, und weil wir unsre Befreiung immerzu in Gedanken hatten, wars unmöglich, zum wenigsten mir, nicht auf die Mittel darzu zu sinnen. Zu dem Ende zeichnete ich verschiedene zu unserm Vorhaben dienliche Bäume aus, ließ sie von Freitag und seinem Vater umhauen und bestellete den Spanier, dem ich meine Meinung über den Handel anvertrauet, zum Aufseher und Führer des Werks. Ich zeigte ihnen, mit was unermüdeter Arbeit ich einen dicken Baum in einfache Dielen gehauen, und ließ sie dergleichen tun, bis sie ungefähr ein Dutzend große eichene Bretter, bei zween Schuh breit, fünfunddreißig Schuh lang und von zween zu vier Zoll dick fertig hatten. Was für eine entsetzliche Mühe es gekostet, mag ein jeder selber erachten. Ich bemühete mich zugleich, meine kleine Herde zahmer Ziegen zu vermehren, und ließ zu dem Ende den einen Tag Freitag mit dem Spanier aufs Jagen gehen, und den andern ging ich selber mit ihm. Auf solche Art bekamen wir über zwanzig junge Kitzlein, die wir bei den übrigen erziehen wollten. Dann wann wir ein altes Weibchen schossen, nahmen wir die Jungen lebendig nach Hause. Weil aber insonderheit die Herbstzeit vorhanden, ließ ich eine so übergroße Menge Trauben abschneiden und an der Sonne trocknen, daß wir, wo es zu Alikante in Spanien gewesen, sechzig bis achtzig Fässer mit Zibeben anfüllen können, diese uns dann eine gute, gesunde und gewiß recht nahrhafte Speise zolleten. Uneracht nun die Ernte eben diesmal nicht in dem Überfluß geraten, als ich wohl auf diesem Eiland erlebet, bekamen wir doch so viel Korn, als wir verlanget. Dann wir brachten aus den zweiundzwanzig Scheffeln Gerste nach dem Dreschen über zweihundertzwanzig Scheffel und des Reises nach Proportion heraus, wovon wir bis auf die nächste Ernte reichlich zu leben hatten, wann sich auch alle sechzehen Spanier bei mir befunden. Wären wir dann auch gleich zur Reise fertig gewesen, würden wir doch unser Schiff bis an irgend ein Stück der Welt, nämlich in Amerika, mit genugsamem Proviant haben versehen können. Nachdem unser Kornvorrat also eingeheimset und unter Dach gebracht, legten wir uns mehr aufs Korbflechten, es darin zu verwahren; gestalten der Spanier hierin gar geschickt und mir oft verwiese, warum ich nicht etwas dergleichen zu Befestigungswerken verfertigte; worzu ich aber eben keine Notwendigkeit sahe. Nunmehr, da überflüssiger Proviant für die erwarteten Gäste bei der Hand, gab ich dem Spanier Erlaubnis, nach dem festen Lande hinüber zu fahren und zu sehen, was mit seinen daselbst hinterlassenen Kameraden anzufangen. Ich gab ihm schriftlichen Befehl, keinen Mann mit sich zu bringen, welcher nicht in Gegenwart seiner und des alten Wilden einen Eid ablegen wollte, nämlich der auf dem Eiland befindlichen Person, welche so gütig wäre, ihrer Befreiung halber jemand an sie abzusenden, auf keinerlei Weise zu nahe zu tun, dawider zu fechten oder sie anzufallen, sondern ihr vielmehr beizustehen, sie gegen alle Anfälle zu verteidigen und, wo er sie auch hinführete, für ihr Haupt und Gebieter zu erkennen. Dies sollte schriftlich verfasset und von ihrer Hand unterzeichnet werden. Wir dachten aber je nicht daran, wie dieses angehen könnte, da sie weder Feder noch Tinte hatten. Mit diesem Unterricht begab sich der Spanier und der alte Wilde in einem der Kanoes, worin sie selber hieher gekommen waren, wieder von hinnen. Ich gab jedem eine Muskete mit einem teutschen Schloß und Pulver und Blei zu etwa eilf Schüssen, mit der Erinnerung, sparsam damit umzugehen und sie nur bei dringender Not zu gebrauchen, versahe sie auch mit Brot und dürren Trauben vor sie auf etliche Tage und vor ihre Landsleute auf ungefähr eine Woche, wünschte ihnen eine glückliche Reise und sahe sie, nachdem die Abrede wegen eines Zeichens, so sie bei der Rückkunft noch auf einige Weite vom Ufer vom Boot fliegen lassen sollten, mit ihnen genommen worden, immerhin getrost abfahren. Sie hatten hübschen Wind und vollen Mond, und es war meines Erachtens im Oktober.

Ich hatte schon eine ganze Woche auf sie gewartet, so ereignete sich ein seltsamer und unversehener Zufall. Dann als ich an einem Morgen frühe in meiner Festung annoch im festen Schlafe lag, sprang Freitag zu mir herein und schrie überlaut: „O Herr, sie sind da, sie sind da!" Ich sprang auf und lief, sobald ich nur die Kleider anziehen konnte, mich ganz keiner Gefahr befürchtend, durch mein Wäldlein (welches jetzo zu einem ganz dichten Gehölz erwachsen) hinaus. Ich sage mich keiner Gefahr befürchtend, wider meine Gewohnheit sonder Waffen. Allein ich erschrak, als ich sofort etwa anderthalb teutsche Meilen in die See hinein ein Boot mit einem Gigsegel, bei einer frischen Kühlung nach dem Ufer ansegeln sah. Ich merkte gleich, sie kämen nicht von derjenigen Seite, wo die von uns verlangte Küste läge, sondern von dem südlichsten Ende des Eilandes her. Also rief ich Freitag zurücke und hieß ihn sich ja verborgen halten, weil dies nicht diejenige Leute, so wir erwarteten, und wir nicht wissen könnten, ob sie Freunde oder Feinde wären. Hiernächst holete ich mein Fernglas, setzte die Leiter an und stieg hinauf oben auf den Hügel, wie ich, wann mir vor etwas bange, zu tun pflegte, um ohngesehen alles desto besser zu erkennen. Kaum hatte ich meinen Fuß auf den Hügel gesetzt, so entdeckte mein Auge deutlich ein Schiff vor Anker bei drittehalb teutsche Meilen südsüdöstlich von mir, aber nicht über anderthalb teutsche Meilen vom Ufer. Ich konnte recht merken, daß es ein englisches Schiff und das Fahrzeug eine englische

 Schaluppe. Ich kann meine damalige Bestürzung nicht beschreiben, ohneracht die Freude, ein Schiff zu sehen, und zwar, von dem ich vermuten konnte, es werde mit meinen eignen Landsleuten, folglich mit Freunden besetzet sein, sich auch nicht beschreiben läßt. Doch waltete bei mir noch immerzu ein verborgener Zweifel, der mich auf meiner Hut stehen hieß. Erstlich fiel mir ein, was wohl ein englisches Schiff an diesem Ort der Welt zu tun, maßen es nicht der Weg weder zu noch von einem Weltteil sei, da die Engelländer einige Handlung hin trieben. So wußte ich auch, daß sie nicht durch Sturm hieher verschlagen. Seiens dann in der Tat Engelländer, so stünde gar sehr zu vermuten, sie seien aus keiner guten Absicht da, und für mich besser, zu bleiben, wo ich war, als Dieben und Mördern in die Hände zu fallen.

Es dauerte nicht lange, so sahe ich das Boot dem Ufer nähern, als ob die drauf befindliche Leute nach einer Anfurt zu bequemer Landung aussähen. Weil sie aber nicht weit genug herauf kamen, verfehlten sie die kleine Bucht, worin ich vormals mit meinen Flößzen gelandet, und liefen mit ihrem Boot recht aufs flache Ufer herauf etwa ein Viertel einer englischen Meile von mir. Zu meinem großen Glücke, maßen sie sonsten, so zu reden, recht vor meiner Türe gelandet und mich bald aus meinem Kastell heraus geschlagen, auch vielleicht alle des Meinigen beraubet hätten. Bei ihrer Anländung sahe ich vollends, daß es Engelländer, oder zum wenigsten die meisten. Ein paar darunter schienen mir Holländer zu sein, so sich aber anders befand. Ihrer waren in allem eilfe und unter ihnen dreie unbewaffnet und meines Bedünkens gebunden. Als die ersten viere oder fünfe aus dem Boot auf den Strand heraus gesprungen waren, holeten sie diese dreie auch als Gefangene heraus. An des einen seinen Gebärden konnte ich abnehmen, er müsse sehr herzlich bitten und flehen und mit Betrübnis und fast äußerster Verzweiflung beladen sein. Die beiden andern aber huben nur bisweilen ihre Hände auf und ließen freilich auch bekümmert, aber nicht so heftig als der erste. Über diesen Anblick wurde ich ganz verwirret und wußte nicht, was es bedeute. Freitag schrie mir zu: „Sehet da, Herr, die Engelländer fressen ihre Gefangene ebenso wohl als die Wilden." Ich fragte ihn, ob ers wohl im Ernst meinte, daß sie sie auffressen würden, und bezeugte ihm, als ichs an ihm vernahm, mir seie nicht angst fürs Auffressen, wohl aber fürs Totschlagen.

Mittlerweile konnte ich mich in den Handel nicht recht finden, sondern stund zitternd da und dachte alle Augenblicke, jetzt werden die Gefangenen daran müssen. Ja, ich sahe würklich einmal einen dieser Bösewichter den Arm mit einem breiten Schwert oder Hauer, wie's die Seeleute nennen, gegen einen dieser armen Leute aufheben und vermutete, ihn im gleichen Augenblick fallen zu sehen, worüber mir das Blut in den Adern gestehen wollte. Jetzo wünschte ich mir meinen verreiseten Spanier und Wilden von Herzen, oder daß ich auch nur ohngesehen auf einen

Schuß weit zu ihnen hinkommen könnte, die drei Männer zu retten. Dann ich sahe nicht, daß sie Schießgewehre bei sich hätten. Jedoch mein Wunsch geriet mir auf eine andre Art. Nachdem ich angesehen, wie leichtfertig diesen dreien von den Bootsknechten begegnet worden, erblickte ich zugleich, daß diese saubere Bursche am Strande herum schwärmeten, als ob sie das Land besichtigen wollten. So merkte ich auch, daß die drei Männer Freiheit hätten, hin zu gehen, wo ihnen beliebte. Allein sie saßen sämtlich voller Gedanken und als halb verzweifelnde Menschen beisammen auf der Erde. Dies erinnerte mich meiner selbst, wie ichs gemacht, als ich zum erstenmal an dies Eiland gekommen. Wie ich umher gesehen, wie ich mich vor verloren geachtet, in was für Angst ich gestecket und wie ich aus Furcht, von Raubtieren zerrissen zu werden, die ganze Nacht auf einem Baum gesessen. Es war gerade die höchste Flut, als dieses Seevolk ans Land gekommen, und sie hatten, während sie teils mit den Gefangenen gesprochen, teils umher geschlendert und die Gelegenheit des Landes beschauet, das Wasser unachtsamerweise so ferne verlaufen lassen, daß ihr Fahrzeug aufm Grund saß. Sie hatten zween Bursche im Boot gelassen, welche, wie ich nachgehends befunden, ein wenig allzuviel Branntwein getrunken und darüber in Schlaf gefallen. Doch da der eine eher als der andre erwachet und das Boot so feste sitzend gefunden, daß ers nicht wieder abstoßen konnte, schrie er denen übrigen, so hier und da herum liefen, zu. Sofort kamen sie alle in das Boot, konnten es aber, weil es schwer und das Gestade dieser Gegend sumpficht und voll kleinen, weichenden Sandes, mit aller ihrer Gewalt nicht von der Stelle bringen. Bei solchem Zustand ließen sie's immerhin, als die rechten Janhagel, welche unter allen Menschen wohl am wenigsten Bedachtsamkeit besitzen mögen, so gehen, schlenderten von frischem nach dem Lande zu, und ich hörete, als einer zum andern sagte, das Boot werde bei der nächsten Flut wohl wieder flott werden, vollends an der Sprache, daß es meine eigne Landsleute. Mittlerweile hatte ich mich ganz stille gehalten und keinen Fuß aus meinem Kastell gesetzt, außer auf meine Wachtstelle unfern dem Gipfel des Hügels, und kützelte mich recht in Gedanken darüber, daß ich so wohl verschanzet seie. Ich wußte auch, daß es wenigstens zehen Stunden währen müßte, bis das Boot wieder flott würde, mittlerzeit würde es finster, und ich hätte sodann mehrere Freiheit, ihre Handlungen zu beobachten und etwa ihr Gespräch anzuhören. Indessen machte ich mich wie sonsten zum Schlagen fertig, aber mit größrer Vorsichtigkeit, wohl wissend, daß ichs mit einem ganz andern Feind als vorhin zu tun hätte. So befahl ich auch dem Freitag, den ich zu einem recht guten Schützen gemacht hatte, sich mit Gewehr zu versehen. Ich selber nahm zwo Flinten und gab ihm drei Musketen. Meine Figur sahe gewiß recht grimmig aus, dann ich hatte meinen förchtigen bocksledernen Rock an, die große Mütze aufm Kopf, ein bloßes Schwert an der Seite, zwei Pistolen im Gürtel und ein Rohr auf jeglicher Achsel. Mein

 Vorhaben war, nichts zu unternehmen, bis es dunkel. Allein ich merkte des Nachmittags um zwo Uhr in der größten Hitze, daß sie sich alle in die Wälder verlaufen und meines Erachtens schlafen geleget hätten. Hingegen die drei arme, verlassene Personen, denen die Angst keinen Schlaf gestattet, saßen unterm Schatten eines großen Baums etwa eine halbe Viertelstunde von mir und, soviel mich deuchte, den andern aus dem Gesichte. Hierauf beschloß ich, mich ihnen kund zu geben und Nachricht von ihrem Zustand einzuziehen. Sofort marschierte ich auf sie zu und mein treuer Kamerade eine ziemliche Ecke hinter mir her, in ebenso förchtigem Aufzug, was die Waffen anbelanget, aber so gespenstmäßig doch nicht als ich. Ich trat ohngesehen so nahe zu ihnen hin, als ich konnte, und rief ihnen, ehe mich noch einer gewahr worden, auf spanisch zu, wer sie seien. Auf dies Gelaut fuhren sie auf, entsetzten sich aber noch mehr über den Anblick meiner seltsamen Figur. Sie antworteten nicht eine Silbe. Wie ich aber merkte, daß sie eben davon laufen wollten, sagte ich auf englisch: „Ihr Herren! Sie förchten sich vor mir nicht! Vielleicht bekommen Sie einen Freund, wann Sie es nicht denken." „Der müßte dann just vom Himmel herab gesandt sein!" sagte einer darunter ganz ernsthaft zu mir, seinen Hut zugleich vor mir abnehmend, „dann Menschen können uns nicht helfen." „Alle Hülfe kommt von Gott", versetzte ich. „Aber können Sie wohl einem Fremden Gelegenheit anweisen, Ihnen zu helfen? Dann Sie stecken, meines Erachtens, in großer Not. Ich sahe Sie, wie Sie ans Land gekommen und wie Sie die mit Ihnen hergekommene Barbaren um Gnade gebeten, merkte auch wohl, daß einer davon das Schwert aufgehoben und zuschlagen wollen." Der gute Mann sahe mich mit Tränen, so ihm über die Backen liefen, und dabei bebend und halb erstaunet an und erwiderte: „Rede ich mit Gott oder mit einem Menschen? Ists ein rechter Mensch, oder aber ein Engel?" „Nur deswegen nicht bange," gab ich zur Antwort, „hätte Gott einen Engel zur Hülfe gesandt, würde er wohl in andern Kleidern und Waffen erscheinen, als Sie mich sehen. Nur nicht bange!" fuhr ich fort, „ich bin ein Mensch, ein Engelsmann, und Ihnen, wie Sie sehen, beizuspringen willig. Ich habe nur einen Knecht, aber Gewehr und Munition genug. Nur frei heraus gesagt: Können wir Ihnen dienen? Was fehlet Ihnen?" „Unsre Begebenheit ist zu lang zu erzählen," sagte der vorige, „weil unsre Mörder so nahe. Kurz: ich war Kommandeur auf dem Schiff. Meine Leute haben Meuterei wider mich angefangen. Kaum habe ich von ihnen erhalten können, daß sie mich nicht ermordet. Endlich haben sie mich nebst zween andern, deren der eine mein Steuermann, der andere ein Passagier, an dieses wüste Eiland ausgesetzt, wo wir uns des unfehlbaren Todes versahen, weil wirs für unbewohnt gehalten und noch nicht wissen, was wir davon denken sollen." Ich fragte ihn, wo diese Hunde, ihre Feinde, seien. „Dort", versetzte er, „liegen sie," auf ein dickes Gebüsche weisend, „das Herz bebet mir, sie möchten uns gesehen und reden gehöret haben. Dann wo dies ist, werden sie uns unfehlbar alle ermorden." „Haben sie Geschütze bei sich?" fragte ich ihn weiter. Er sagte, sie hätten nur zwei Rohre und das dritte im Boot gelassen. „Wohlan," versetzte ich, „für das übrige lassen Sie mich sorgen. Ich sehe, sie liegen alle im Schlaf. Es brauchte keine Mühe, sie sämtlich tot zu schießen. Oder wollen wir sie lieber gefangen nehmen?" Seine Antwort war, es seien zween erzverwegene Buben darunter, welchen Gnade zu erzeigen nicht ratsam. Wären aber diese auf die Seite geschafft, gläubte er, die andern würden sich schon bessern. Auf Befragen, welche es dann seien, antwortete er, er könnte sie mir in solcher Weite nicht bezeichnen, aber er wollte meinem Befehl in allen Stücken gehorchen. „So lasset uns dann", versetzte ich, „weg gehen, daß sie uns nicht sehen noch hören können, sonst möchten sie aufwachen. Und so wollen wir uns ferner beratschlagen." Also traten sie willig mit mir zurücke, bis uns das Gehölze vor ihnen verbarg. Hierauf tat ich die Anfrage, wann ich ihre Befreiung auf mich nähme, ob sie mir wohl ein zweifaches Begehren einzugehen gesinnet. Sofort fiel mir der gewesene Kommandeur oder Schiffer in die Rede und sagte, er und das Schiff, falls es wieder erobert werde, wolle in allen Dingen einzig und allein meinem Willen und Befehl unterworfen sein. Werde es aber nicht erobert, so wolle er dennoch in allen Teilen der Welt, wo ich ihn nur hinführen würde, bei mir leben und sterben. Desgleichen sagten auch die zween andere. „Gut," antwortete ich, „ich verlange nur zwo Sachen: erstlich daß, solange Er auf diesem Eiland bei mir ist, Er keine Autorität über mich prätendiere, und wann ich ihm Gewehr gebe, Er mirs allemal auf Begehren wieder liefre, mir und dem Meinigen keinen Schaden zufüge und indessen unter meinem Kommando stehe. Zweitens daß, wann das Schiff erobert worden, Er mich samt meinem Diener ohne Entgelt darauf nach Engelland führe." Er gab mir alle Versicherungen, so nur immer von einem verständigen und aufrichtigen Mann zu erwarten, daß er nämlich diese sehr leidliche und gerechte Bedingungen willigst eingehen, überdies auch mir sein Leben danken und es sein Lebetag bei allen Gelegenheiten erkennen wolle. „Nun dann," sagte ich, „hier sind drei Musketen mit Pulver und Kugeln. Was meinet Er, nun weiter anzufangen seie?" Hierauf bezeugete er alle möglichste Erkenntlichkeit, unterwarf sich aber gänzlich meinem Willen und Anstalten. Ich versetzte, es seie nicht wohl ratsam, sich mit ihnen handgemein zu machen, sondern mich dünke das beste, so, wie sie da lägen, Feuer unter sie zu geben. Würde dann auf diesen ersten Schuß ein und anderer nicht getötet und wollte sich ergeben, so könnte man ihnen Pardon erteilen. Übrigens müßte man dem lieben Gott anheim stellen, wie er die Kugeln regieren wollte. Er erwiderte mit gar sittsamen Gebärden, er komme sehr ungerne daran, sie zu töten, wann ers ändern könnte. Allein die zween Bursche seien zu keiner Besserung zu bringen, und wir, wann sie entwischen lassen, doch auch um den Hals. Dann sie würden sofort an Bord fahren, mit der ganzen Gesellschaft zurücke kommen und uns insgesamt ab dem Bord richten. „Wohlan dann," versetzte ich, „die Not rechtfertiget meinen Anschlag. Anders können wir unser Leben nicht bergen." Mitten unter diesem Gespräch hörten wir, daß etliche erwachet, sahen auch gleich darauf ihrer zween auf den Füßen. Ich fragte ihn, ob einer von diesen die Rädelsführer bei der Meuterei gewesen, und als er mit Nein geantwortet, fuhr ich fort, so möge man sie immerhin laufen lassen, und Gott habe sie vielleicht, um ihr Leben zu retten, am ersten aufgewecket. „Aber," setzte ich hinzu, „lässet Er die übrigen entwischen, ist der Schade Sein."

Hiedurch aufgemuntert, nahm er die ihm gegebene Muskete in die Hand, steckte eine Pistole in den Leibriemen, und seine zween Kameraden ergriffen jeglicher auch ihr Gewehr. Als die beiden letztere unterm Fortgehen einiges Geräusche machten, kehrte sich einer der Matrosen, so bereits wachte, um und fing bei ihrer Erblickung den übrigen an zu rufen. Allein zu spät, dann den Augenblick, daß sie riefen, gaben des Kapitäns Leute Feuer, während er selber seinen Schuß recht klüglich gesparet. Sie hatten aber die saubere Vögel so scharf gefaßt, daß der eine sofort auf der Stelle blieb und der andere heftig verwundet wurde. Doch weil er nicht gar tot, richtete er sich wieder auf und rief die andern sehr ernstlich zu Hülfe. Allein der Schiffskapitän trat zu ihm hin, kündigte ihm an, es sei nun zu spät, um Hülfe zu rufen, er sollte Gott um Vergebung seiner Büberei bitten, und schlug ihn mit dem Kolben seiner Muskete dermaßen auf den Kopf, daß er das Aufstehen vergaß. Noch waren ihrer dreie vorhanden, und deren einer gleichfalls, aber nur schlecht verwundet. Mittlerweile war ich auch herbei, und als sie ihre Gefahr sahen und wie sie sich doch nicht wehren könnten, baten sie um Gnade. Der Kapitän sagte, er wollte ihnen das Leben schenken, wann sie ihn versicherten, daß ihnen ihre Meuterei von Herzen leide, und eidlich angelobeten, daß sie ihm sowohl zu Wiedereroberung des Schiffes als auch dessen Zurückbringung nach Jamaika, woher sie gekommen, getreulich verhelfen wollten. Hierauf gaben sie ihm alle verlangte Versicherung ihrer Treue, er gläubte ihnen auch und schenkte ihnen das Leben. Worwider ich dann nichts hatte, sondern ihm nur zuredete, sie, solange sie auf dem Eiland seien, an Händen und Füßen gebunden zu behalten.

Mittlerzeit schickte ich Freitag mit dem Unterschiffer oder Steuermann nach dem Boot, sich dessen zu bemächtigen und Segel und Ruder weg zu nehmen. Gleich darauf kamen dreie derer herumstreifenden Bootsknechte nach gehörtem Schießen und auf Ersehen, daß ihr Schiffer, vordem ihr Gefangener, jetzo ihr Überwinder seie, nachdem sie zu ihrem Glück sich von den andern abgesondert gehabt, auch herbei, ließen sich binden, und damit war unser Sieg vollkommen.

Nun führte ich den Kapitän nebst seinen zween Kameraden in meine Wohnung, erquickte sie mit Essen und Trinken, so gut ichs hatte, und zeigete ihnen alle meine künstliche Sachen und Anstalten, so ich während meines langwürigen Verbleibens an diesem Orte verfertiget und verfüget. Alles, was ich ihnen zeigete, alles, was ich zu ihnen sprach, setzte sie in eine halber staunende Verwunderung. Voraus aber bewunderte der Kapitän meine Festung, und wie vollkommen ich meine Retirade mit einem Wäldlein verborgen, welches in den zwanzig Jahren, seit ich die Stecken eingesetzt, und weil die Bäume hier viel schneller als in Europa wachsen, zu einem kleinen, aber so dichten Gehölze gediehen, daß nirgends durchzukommen, außer an der einen Seite, wo ich mir einen krumm herumgehenden Pfad vorbehalten. Ich sagte ihm, dies sei mein Schloß und Residenz, im Lande drinnen aber hätte ich einen Landsitz wie die meiste große Herren, dahin ich mich auf den Notfall retirieren könnte und den ich ihm zu anderer Zeit weisen wollte. Dann jetzo seie unsere Arbeit, auf die Eroberung des Schiffes zu denken. Er war eben der Meinung, gestund aber dabei, er könne durchaus kein Mittel darzu ersinnen. Noch seien sechsundzwanzig Köpfe am Bord, welche sich in eine abscheuliche Konspiration eingelassen; und, da sie dadurch den Gesetzen gemäß ihr Leben verwürket, anjetzo durch die Verzweifelung darin annoch erhärtet worden, mithin darin fortfahren würden, weil sie wohl wüßten, daß, sobald sie nach Engelland oder an eine der englischen Kolonien kämen, ihnen der Galgen gewiß sei. Also dürfte man sie wohl mit so schwacher Mannschaft nicht angreifen.

Ich dachte seiner Rede eine Weile nach und fand sie sehr vernünftig. Mußte demnach nur eilends etwas ersonnen werden, die am Bord Gebliebene sowohl zu betrügen, als ihnen auch das Landen zu verwehren. Sofort fiel mir ein, das Schiffsvolk werde aus Verwunderung, wo ihre Kameraden mit der Schaluppe steckten, unfehlbar in dem andern Boot ans Land kommen, um nach ihnen zu sehen, und zwar vielleicht Gewehr mitbringen, und uns also zu stark sein. Dies deuchte ihn auch ganz vernünftig. Hierauf ging meine Meinung dahin, wir hätten vor allen Dingen ihr Boot, welches noch aufm Strand saß, einzuschlagen, daß sie es nicht mehr fort bringen könnten. Wann wir dann alles heraus genommen, möchte es immerhin liegen bleiben, weil es doch nicht mehr über Wasser bliebe. Also marschierten wir zu ihm hin und nahmen alles weg, Gewehr, eine Flasche mit Branntwein, noch eine mit Rum, etliche Zwiebacke, ein Pulverhorn und einen ziemlichen Knollen Zucker, fünf bis sechs Pfund in einem Stück Segeltuch, welches alles mir sehr angenehm, insonderheit der Branntwein und Zucker, wovon schon etliche Jahre her nichts mehr gehabt.

Als wir mit aller dieser Beute aufm Trockenen, schlugen wir ein groß Loch in den Bauch, daß sie ihre Schaluppe nicht mehr weg bringen könnten, wann sie auch stark genug gekommen, um uns zu bemeistern. Es wollte mir, die Wahrheit zu sagen, nicht sonderlich ein, daß wir das Schiff wieder sollten erobern können. Sondern mein Absehen ging nur dahin, wenn sie ihr Fahrzeug also müßten stehen lassen, es dann wiederum zurechte zu machen, nach denen unterm Wind belegenen Eilanden damit zu segeln und unterwegens bei unsern guten Freunden, denen Spaniern, die mir noch immer im Sinn lagen, einzusprechen.

Nachdem wir unsere Anstalten also vorgekehret und erstlich das Boot mit aller Macht auf den Strand so weit herauf geschleppet hatten, daß es beim höchsten Wasser nicht mehr weg gespület würde, auch überdies ein großes Loch, welches sich so geschwinde nicht wieder zustopfen ließ, darein geschlagen, und uns, der Sache weiter nach zu denken, niedergesetzt, höreten und sahen wir das Schiff ein Stück lösen und hinten am Flaggenstock eine Waife oder Schau aufhängen, um ihre Kameraden an Bord zu rufen, jedoch kein Boot aus setzen, wohl aber mit Schießen noch mehr Signale geben. Endlich, als alle ihre Mühe umsonst und kein Boot von der Stelle wollte, erblickten wir durch Ferngläser, daß sie ein anderes Boot aus setzten und nach dem Ufer ruderten, bemerkten auch, als sie erst näher kamen, daß ihrer wenigstens zehen Mann und daß sie Geschoß bei sich hätten. Weil das Schiff bei zwei teutsche Meilen vom Lande ab lag, konnten wir sie vollkommen her rudern, ja ihnen deutlich ins Gesichte sehen. Dann weil die Flut sie ein wenig östlich von ihrem ersten Boot versetzet, ruderten sie unter dem Wall nach eben dem Platz hin, wo das vorige gelandet. Bei solcher Gelegenheit waren sie uns recht im Gesichte; und der Kapitän kannte sogar die Personen und wessen man sich zu jedem zu versehen. Er sagte nämlich, es seien drei redliche Bursche dabei, welche von den andern durch Furcht und Überhand zu dieser Meuterei verleitet worden. Hingegen der Hochbootsmann, welcher der vornehmste Offizier unter ihnen schiene, und alle die andern seien eben solche Frevler als das ganze Schiffsvolk, und sie würden sonder Zweifel große Gewalt ausüben. Wie ihm dann erschröcklich bange, daß sie uns zu mächtig sein möchten.

Ich sagte zu ihm mit Lächeln, Leute von unserm Zustand seien schon über alle Würkung der Furcht hinüber. Weil meistens aller Zustand besser als derjenige, den wir vermuten müßten, so käme es nunmehr auf Tod oder Leben an und würde uns sowohl jener als dieses in Freiheit setzen. Ich fragte ihn, was ihn von meiner Lebensart dünke, und ob die Befreiung nicht wert seie, daß man darüber etwas wage. Imgleichen, wo nun sein voriger Glaube, der ihn vor kurzem so getrost gemacht, bliebe, daß ich nämlich zu Rettung seines Lebens hier erhalten worden. „Ich, meines Orts," fuhr ich fort, „sehe, daß es im ganzen Handel nur an einem Dinge fehle." „Was ist dieses?" fragte er mich. Ich antwortete, es sei dieses, daß er mir gesagt, daß drei oder vier ehrliche Kerle darunter, deren man zu schonen hätte. Dann wann es lauter Bursche von dem schlimmen Haufen, würde ich gedacht haben, die göttliche Vorsehung hätte sie recht darzu aus gesondert, sie in unsere Hände zu liefern. „Maßen ein vor allemal, wer von ihnen an Land kömmt, unser und nach unserm Gutbefinden entweder sterben oder leben muß." Weil ich dieses nun mit etwas lauterer Stimme und lustigen Gebärden ausgesprochen, merkte ich, daß er einen guten Mut bekam. Also machten wir unsere Anstalten wacker und beherzt. Wir hatten aber auf den ersten Anblick des letzten Bootes gleich darauf gedacht, wie wir unsere Gefangene von einander tun möchten, auch sie würklich an sichere Örter gebracht. Ihre zweene, denen der Kapitän am wenigsten trauen durfte, hatte ich durch Freitag und einen von den dreien erretteten Männern nach meinem Gewölb oder Keller gesandt, allwo sie weit genug entfernet, nicht gesehen und gehöret zu werden, oder auch, wann sie sich ja selber hätten los machen können, den Weg durch die Wälder zu finden. Daselbst lagen sie zwar gebunden, doch war ihnen, neben reichender Kost, versprochen, wofern sie stille sein würden, ihnen in ein paar Tagen die Freiheit wieder zu geben; unterfingen sie sich aber durchzugehen, sollte es ihnen ohne alle Barmherzigkeit den Hals kosten. Allein sie gelobeten, ihr Gefängnis mit Geduld zu ertragen, und dankten noch darzu für Essen und Trinken und das ihnen gelassene brennende Licht. Auch wußten sie nicht anders, als daß Freitag beim Eingang ihrentwegen Schildwache hielte. Die andere Gefangene hattens noch besser. Zweene davon waren zwar auch an den Armen gebunden, weil ihnen der Kapitän nicht völlig trauen durfte; die andere beide aber wurden auf seine Rekommendation und nach feierlichem Eide, bei uns zu leben und zu sterben, in meine Dienste aufgenommen. Also waren wir mit ihnen und denen drei ehrlichen Männern unser sieben, alle wohl bewehret, und zweifelte ich nicht, wir dürftens wohl mit denen herankommenden zehen aufnehmen, zumalen der Kapitän versichert hatte, daß auch noch drei oder vier gewissenhafte Bursche unter ihnen befindlich.

Sobald sie bei der Stelle, wo ihr erstes Boot gelegen, angelangt, setzten sie mit dem ihrigen auf den Strand hinauf, so ich gar gerne sah. Dann mir grauete, sie möchten es etwa vom Ufer ab vor Anker legen und von etlichen aus ihrer Mitte bewachen lassen, mithin würden wir uns seiner schwerlich bemächtigen können. Wie sie aufm Lande, war ihr erstes, daß sie insgesamt nach dem vorigen Fahrzeug liefen; und man konnte ihnen eine große Bestürzung anmerken, daß sie es geplündert und in seinem Boden ein so großes Loch fanden. Nachdem sie dem Ding eine Weile nachgedacht, machten sie etlichemal ein überlautes Geschrei, obs ihre Kameraden nicht hören möchten. Allein umsonst. Hiernächst traten sie alle zusammen in einen Kreis und gaben eine Salve, so wir wohl höreten und wovon die Wälder einen Widerschall machten. Jedoch auch dieses vergebens. Dann die im Keller konntens je nicht hören, und die wir bei uns in Verwahrung hatten, durften, ob sie es gleich gehöret, nicht muckssen. Hierüber bestürzten sie dergestalt, daß sie, wie sie uns nachgehends erzählt, alle zusammen zurück ans Schiff gehen und Nachricht bringen wollten, ihre Leute seien sämtlich ermordet und die Schaluppe in Stücke zerschlagen. Gestalten sie auch alsobald darauf ihr Boot ins

 Wasser stießen und sich mit einander darein begaben. Der Kapitän erschrak hierüber heftig und war fast außer sich selber, in Meinung, sie möchten wieder an Bord und sodann unter Segel gehen, ihre Kameraden im Stich lassend, wodurch er dann doch um sein Schiff käme, welches zu erobern er sich nebst uns Hoffnung gemacht hatte. Allein er bekam bald darauf eine ebenso große Angst durch einen andern Zufall. Sie waren nämlich nicht lange mit dem Boot weg, so sahen wir, daß sie alle nach dem Ufer zurücke kämen; nur mit einem neuen Aufzug, den sie unter sich ab geredet haben mußten, nämlich daß sie ihrer dreie im Boot, die andere aber landeinwärts, ihre Kameraden aufzusuchen, gehen ließen. Dies verrückte uns das Ziel mächtig. Dann wir wußten nicht, was wir anfangen sollten. Gesetzt, wir hätten diese sieben aufm Lande bekommen, so nützte es doch nichts, wann wir das Boot entwischen ließen, maßen sie sodann nach ihrem Schiff rudern, samt den andern die Anker lichten, unter Segel gehen und wir also um alle unsre Hoffnung, das Schiff zu erobern, gebracht würden. Jedoch da half nichts als Geduld und Warten, was sich etwa hienächst ereignen möchte. Die sieben kamen aufs Land heraus, die drei im Boot Gebliebene aber stießen eine ziemliche Strecke vom Ufer ab und legten sich draußen vor Anker, bis jene wieder zurücke kämen. Daß es uns also unmöglich fiel, zu ihnen an das Boot zu kommen.

Diejenige, so aufs Land gesprungen, hielten sich nahe zusammen und marschierten gegen der Spitze des kleinen Berges zu, unter welchem meine Wohnung lag, und wir konnten sie deutlich, sie aber uns nicht sehen. Wir hättens endlich gerne gehabt, daß sie uns immerhin näher gekommen, um sie vorn Kopf zu schießen, oder auch, daß sie weiter weg gegangen, damit wir aus unserm Lager heraus gekonnt. Allein als sie oben hinauf gekommen, von dar sie einen weiten Weg in die Täler und Wälder gegen den nordöstlichen Teil des Eilandes hinab sehen konnten, machten sie ein Geschrei nach dem andern, bis sie's müde wurden. Weil sie nun sich allem Ansehen nach nicht gerne vom Strand, noch einer von dem andern entfernen wollten, setzten sie sich zusammen unter einen Baum, der Sache nach zu denken, nieder. Hätten sie vor ratsam gefunden, hier zu schlafen, wie die andere getan, wäre es was Köstliches vor uns gewesen. So aber grauete ihnen zu viel vor Gefahr, uneracht sie keine vor sich sahen. Auf diese ihre Beratschlagung tat der Kapitän einen recht guten Vorschlag: nämlich, wann sie etwa noch eine Salve gäben, damits ihre Kameraden höreten, wollten wir, sobald sie sich verschossen, auf sie andringen, und sie würden sich sonder Zweifel ohne Blutvergießen ergeben. Mir gefiel die Sache nicht übel, weil wir, ehe sie wieder mit der Ladung fertig, ihnen gar wohl auf den Hals kommen konnten.

Jedoch es fiel anders aus, und wir lauerten eine gute Weile, nicht wissend, was zu tun. Endlich sagte ich, es werde, meines Bedünkens, eher nichts als in der Nacht vorzunehmen sein, und wann sie alsdann nicht nach dem Boot kehreten, möchte sichs vielleicht fügen, daß wir zwischen sie und den Strand kämen und also die in dem Boot durch eine List ans Ufer heraus lockten. Wir warteten lange, ob sie nicht weg wollten, und war uns bei der Sache noch nicht allzuwohl. Endlich sahen wir sie nach langem Beratschlagen insgesamt aufspringen und hinab ans Wasser schlendern. Sie müssen vermutlich hiesigen Orts bange und wieder an Bord zu fahren, ihre Kameraden als verloren aufzugeben und ihre Reise mit dem Schiff fortzusetzen entschlossen gewesen sein.

Sobald ich merkte, daß sie nach dem Strande zu gingen, bildete ich mir ein, sie hätten ihr Nachsuchen angegeben und wären auf ihren Rückweg bedacht. Daher der Kapitän, als ich ihm meine Gedanken eröffnet, aus Schrecken fast in Ohnmacht gesunken. Diesen Augenblick erdachte ich einen Streich, sie wieder zurücke zu närren; und es ging vollkommen an. Ich beorderte Freitag und den Steuermann, gegen Westen über die kleine Anfurt nach dem Platz, wo die Wilden ehmals gelandet, hin zu gehen. Sobald sie nun zu einem erhabenen Erdreich, etwa eine halbe englische Meile weit darvon gekommen, sollten sie so laut als immer möglich schreien und allda harren, bis sie merkten, daß die Matrosen sie vernommen. Wann diese nun antworteten, sollten sie das Geschrei wiederholen, sich weg begeben, einen Umweg nehmen, auf der andern ihr Rufen allezeit antworten, sie so weit als möglich ins Land und in die Wälder herein locken und dann sich wieder durch Wege, diejenige, die ich ihnen angewiesen, zu uns zurücke schlagen. Sie stiegen eben in das Boot, als Freitag und der Steuermann ein Geschrei machten. Flugs gaben sie Antwort, liefen längs dem Strand westwärts dem Laut nach, stunden aber bei dem Arm der See oder der Bucht stille, weil sie nicht hinüber konnten, und riefen ihrem Boot, sie überzusetzen, recht als ich mirs eingebildet hatte. Unterm Übersetzen merkte ich, daß, als sie mit dem Boot eine ziemliche Strecke in der Bucht herauf und gleichsam in einem Hafen binnen Landes hinein gefahren, sie einen von den vorher darin gewesenen drei Matrosen mit sich weg nähmen und nur zween in dem am Stumpf eines kleinen Baumes befestigten Fahrzeug zurücke ließen. Dies wars, was ich wünschte. Ließ demnach Freitag mit seinem Kameraden bei ihrer Arbeit, ich aber nahm die übrige zu mir, wir gingen über die Anfurt, ohne daß sie uns gesehen, hinüber und überraschten die beide Bursche, ehe sie unser gewahr wurden, indem der eine am Strand lag, der andre aber im Boot saß. Der aufm Lande, halb schlafend, halb wachend, wollte eben aufstehen, so rannte der Kapitän als der vorderste auf ihn zu, schlug ihn zu Boden und rief dem im Boot, sich zu ergeben oder aber sein Testament zu machen. Es brauchte eben nicht viel Künste, einen einzelnen Kerl darzu zu bereden, als er fünf Männer gegen sich und seinen Maat zur Erden geschlagen sah. So wars überdem einer, der in der Meuterei nicht so stark verwickelt als seine übrige saubere Gesellschaft. Also ließ er sich leicht bereden, nicht nur sich zu ergeben, sondern sich auch nachgehends aufrichtig auf unsre Seite zu schlagen. Mittlerweile hatten meine beide Abgesandten ihre Sachen so wohl ausgerichtet, daß sie die andre mit ihrem Schreien und Antworten von einem Berg auf den andern und aus einem Gehölz ins andre gelocket, bis sie nicht nur von Herzen müde, sondern ihnen noch darzu so weit nach gelaufen waren, daß sie gewiß, ehe es dunkel würde, das Boot nicht wieder erreichen konnten. Wobei sich dann unsre Leute gleichfalls selber mächtig abgemattet hatten. Jetzo hatten wir nichts zu tun, als im Finstern auf sie zu lauern und sie alsdann mit weniger Gefahr zu überfallen. Es währete etliche Stunden, nachdem Freitag schon zurücke gekommen, bis sie an ihr Boot gelangeten, und wir konnten die vordersten lange vorher, ehe sie ganz herbei kamen, denen hintersten rufen, diese auch antworten und klagen hören, wie lahm und müde sie seien und nicht geschwinder kommen könnten. Welches uns dann eine sehr angenehme Zeitung war. Endlich erreichten sie ihr Boot. Unmöglich aber läßt sich ihre Bestürzung beschreiben, als sie es in der Bucht feste am Grunde sitzend, das Wasser verlaufen und die beide Bursche weg sahen. Wir konnten sie einander aufs kläglichste rufen und sagen hören, sie seien auf eine bezauberte Insul geraten. Entweder seien Einwohner darauf, so würden sie alle ermordet werden; oder es fänden sich hier lauter Teufel und Gespenster, und die würden sie in die Luft führen und zerreißen. Sie schrien nochmals überlaut und riefen ihren zween Kameraden lange bei Namen. Aber da kam keine Antwort. Nach einiger Weile konnten wir sie bei der mäßigen Helle herum laufen und als verzweifelte Menschen die Hände ringen sehen. Bisweilen gingen sie hin und wollten sich im Boot ausruhen, bald stiegen sie wieder an Land und liefen wieder umher; und so immerzu von vornen. Meine Leute hätten gerne die Erlaubnis von mir gehabt, im Dunkeln zugleich auf sie los zu gehen. Ich hingegen dachte, sie mit Vorteil anzugreifen, mithin ihrer so wenig als nur möglich zu töten. Insonderheit wars mir darum zu tun, daß keiner von den Meinigen erschossen würde, weil ich wußte, daß jene auch mit gutem Gewehr versehen. Meine Meinung war, zu warten, ob sie sich nicht trennen wollten. Und damit mirs desto weniger fehlte, rückte ich mit meiner verborgenen Armee näher und hieß Freitag samt dem Kapitän auf Händen und Füßen, so gut sie könnten, hin kriechen und ja kein Feuer auf sie geben, bis sie nahe genug bei ihnen.

Sie waren nicht lange in solcher Positur, so kam der Hochbootsmann, als der Haupträdelsführer in der Meuterei, der sich aber nun als der allerverzagteste Hudler aufgeführet hatte, mit noch ein paar seiner liederlichen Gesellschaft gegen sie zu. Der Kapitän, da er den vornehmsten Bösewicht so nahe in seiner Gewalt sah, konnte ihn vor Zorn kaum so nahe herkommen lassen, daß er ihn gewiß fassen möchte, maßen sie ihn bisher nur an der Sprache erkannt. Doch wie er nahe genug, richteten sich der Kapitän und Freitag auf und gaben Feuer. Der Hochbootsmann blieb auf der Stelle tot. Der nächste bei ihm war in den Bauch geschossen und sank auch nieder, sturb aber erst ein paar Stunden hernach; und der dritte gab Fersengeld. Auf geschehenen Knall eilete ich mit meiner ganzen Armee von acht Mann, nämlich ich als Generalissimus, Freitag mein Generalleutnant, der Kapitän mit seinen zween Männern und die drei Kriegsgefangene, denen wir Gewehr gegeben hatten, herzu. Die Bursche konnten, weil wir sie im Dunkeln überfielen, unsere Anzahl je nicht sehen, und ich hieß den aus dem Boot zu uns übergetretenen Matrosen, ihnen mit Namen rufen, ob er sie etwa zum Kapitulieren verleiten und wir sie also zur Übergabe bringen möchten. Und der Handel ging glücklich an. Maßen in demjenigen Zustand, worin sie nun geraten, leicht zu gedenken, sie würden sich gerne in einen Akkord einlassen. Also rief er einem darunter namens Thomas Smith aus vollem Halse zu. Dieser antwortete sofort: „Was ists, Robinson?" Dann er muß ihn an der Stimme gekannt haben. „Um Gottes willen," fuhr der unsere fort, „leget das Gewehr nieder und ergebet euch, oder ihr seid alle des Todes." „An wen müssen wir uns dann ergeben?" fragte Smith. „Hier sind sie," erwiderte unser Mann, „hier ist unser Kapitän mit fünfzig Mann, so euch schon zwo Stunden nach gejagt. Der Hochbootsmann ist erschossen, William Freye verwundet und ich ein Gefangener. Ergebet ihr euch nicht, so seid ihr alle des Todes." „Haben wir dann Quartier zu hoffen, wann wir uns ergeben?" sagte Smith. „Ich will hin gehen und fragen", versetzte Robinson. Also brachte ers bei dem Kapitän an, und der Kapitän selber rief ihm zu: „Thomas Smith, du kennst meine Stimme. Leget ihr euer Gewehr nieder und ergebet euch, so soll euch das Leben geschenkt sein bis auf Atkins." „Ach, um Gottes Barmherzigkeit willen, Herr Kapitän," schrie der letztere, „Quartier, Quartier! Was habe ich dann getan? Sie sind ja alle ebenso arg gewesen als ich!" (Welches doch nicht die Wahrheit. Dann eben dieser Atkins der erste gewesen sein mag, so bei dem Aufruhr Hand an den Kapitän gelegt, ihm die Hände gebunden und lose Worte gegen ihn geführet.) Allein der Kapitän antwortete, er müßte sein Gewehr nieder legen und gewärtigen, ob ihm der Gouverneur Gnade widerfahren lassen wollte. (Womit er dann meine Person verstund, weil sie alle mich ihren Gouverneur nannten.) Summa, sie legten allesamt das Gewehr nieder und baten um ihr Leben, und ich schickte den Matrosen, so zuerst mit uns kapitulieret, nebst noch zween hin, sie sämtlich zu binden. Hierauf rückte meine große Armee von fünfzig Mann, welche doch nur aus acht Köpfen bestund, an und bemächtigte sich ihrer aller, imgleichen auch des Boots. Nur ich und noch einer blieben ihnen aus Staatsraison aus dem Gesichte. Die nächste Arbeit war, das Boot zu bessern und uns des Schiffes zu bemeistern. Jetzo hatte der Kapitän die Weile, mit ihnen zu reden. Er warf ihnen nämlich ihr gottloses Bezeugen gegen ihn vor und wie es sie endlich gewiß in Elend und Jammer, ja vielleicht gar an den Galgen bringen würde. Sie stelleten sich alle bußfertig an und fleheten inständig um ihr Leben. Was dieses letztere, sagte er, angehe, so seien sie nicht seine Gefangene, sondern des Oberbefehlshabers des Eilandes. Sie würden wohl gedacht haben, sie setzten ihn an ein wüstes, unbewohntes Eiland. Gott aber habe es so geschickt, daß die Insul bewohnt und der Gouverneur noch darzu ein Engelländer seie. Dieser könne sie aus eigner Macht und Belieben alle zusammen aufknüpfen lassen. Weil er ihnen aber Quartier gegeben, gläube er wohl, er werde sie nach Engelland senden, um da nach dem Lauf der Justiz gerichtet zu werden, außer Atkins, dem der Gouverneur ansagen lasse, sich zum Tode zu bereiten, weil er morgen hangen müsse. Uneracht dieses alles bloß seine eigene Erfindung, tat es doch den gewünschten Effekt. Atkins flehete den Kapitän auf den Knien an, bei dem Herrn Gouverneur ein gutes Wort vor ihn einzulegen, und die übrige baten gleichfalls erbärmlich, man möchte sie doch nicht nach Engelland senden. Jetzo fiel mir ein, die Zeit unserer Befreiung sei vor der Türe, und wir würden diese Bursche sämtlich zu Eroberung des Schiffes gebrauchen können. Demnach trat ich im Dunkeln zurücke, damit jene nicht sehen möchten, was für einen artigen Gouverneur sie hätten. Eine gute Ecke darvon rief ich einem unserer Leute und befahl ihm, er sollte den Kapitän zu mir kommen lassen. „Herr Kapitän," sagte der Bursch, „der Herr Gouverneur will Ihn sprechen." „Gut," versetzte der Kapitän, „sage nur Sr. Exzellenz, ich werde den Augenblick aufwarten." Dies vexierte sie vollends, daß sie alle gläubten, der Oberbefehlshaber stehe mit seinen fünfzig Männern ganz nahe da. Als der Kapitän zu mir gekommen, eröffnete ich ihm meine Meinung wegen Bemeisterung des Schiffs, so ihm trefflich gefiel, und fiel der Schluß, solches morgen gleich ins Werk zu setzen. Um es aber gleichwohl desto klüger und glücklicher zu vollstrecken, war meine Meinung, man sollte die Gefangene verteilen, und zwar Atkins und noch ein paar der schlimmsten nach dem Keller, wo die anderen waren, gebunden führen. Dies Amt bekamen Freitag, der Steuermann und der Passagier. Also brachten sie dieselbe dahin als in ein Gefängnis, und es war würklich ein betrübter Ort, absonderlich vor Leute von ihren Umständen. Die andre hieß ich in meine Laube oder Gartenhaus bringen. Weil der Ort nun umzäunet und sie mit Stricken gebunden, war man ihrer daselbst genug versichert, weil sie ohnedem Gehorsam angelobet. Zu diesen schickte ich des Morgens den Kapitän, um sich mit ihnen ins Gespräch zu geben und sie auszufragen, auch mir Bescheid zu bringen, ob er meinte, ihnen zu trauen stünde, um an Bord zu gehen und das Schiff mit List zu überwältigen. Seine Anrede bestund in einem Verweis des ihm zugefügten Unrechts und Vorstellung ihres jetzigen Zustandes. Es hätte ihnen zwar der Gouverneur ihr Leben wegen ihres diesmaligen Verbrechens geschenket, kämen sie aber nach Engelland, so würden sie gewiß alle in Ketten aufgehenkt werden.

Wollten sie ihm aber in seinem rechtmäßigen Unternehmen, das Schiff zu erobern, treulich beistehen, so wollte ers bei dem Gouverneur ausmachen, daß ihnen nichts geschehen sollte. Es ist leicht zu erachten, wie geschwinde diese Bedingungen von Leuten ihres Zustandes angenommen worden. Sie fielen vor dem Kapitän auf die Knie und versprachen mit den schwersten Flüchen, ihm bis auf den letzten Blutstropfen getreu zu sein. Sie wollten ihm ihr Leben danken, mit ihm durch die ganze Welt reisen und ihn lebenslang für ihren Vater erkennen. „Wohlan dann," sagte der Kapitän, „ich muß hin zum Gouverneur, ihm euer Erbieten ankündigen und sehen, was ich bei ihm desfalls auswürken mag." Also brachte er mir Nachricht von ihrem Bezeugen, und daß er gänzlich gläubte, sie sich getreu aufführen würden. Nichtsdestoweniger, damit wir recht sicher gingen, hieß ich ihn wieder zurücke gehen, diese fünf erwählen und ihnen sagen, sie könnten wohl sehen, daß ihms an Mannschaft nicht fehle. Er wolle diese fünfe als seine Gehülfen mit sich nehmen, der Gouverneur aber die anderen zweene samt denen nach dem Kastell (meinem Keller) gesandten drei Gefangenen zum Unterpfand der Treue dieser fünfe als Geiseln behalten. Erzeigten sie nun in Vollziehung der Wegnehmung des Schiffes die geringste Untreue, so sollten die fünf Geiseln am Strand lebendig in Ketten aufgehänget werden. Dies ließ nun sehr strenge und brachte sie auf den festen Wahn, der Gouverneur seie ganz erbost. Allein hier war kein anderer Rat vor sie, als es einzugehen; und die Gefangene hatten nun ebensoviel Ursache, die anderen fünfe zu ihrer Pflicht zu ermahnen als der Kapitän selber. Unsere Macht war nun zu der vorhabenden Expedition folgendergestalt eingerichtet. 1) Der Kapitän, sein Steuermann und der Passagier, 2) die zween Gefangene von der ersten Partei, denen ich auf das Zeugnis des Kapitäns ihre Freiheit und Gewehr gegeben, 3) die andern zween, so ich bisher in meinem Landhause gebunden gehalten, aber nun auf des Schiffers Vorsprache freigelassen, 4) diese auf das letzte losgegebenen fünfe. Daß also, ohne die für Geiseln im Keller zurücke behaltene fünf Gefangene, unser in allem zwölfe waren.

Ich fragte den Kapitän, ob er sich mit dieser Mannschaft ans Schiff getraue, maßen ich vor mich und Freitag meines Erachtens wegen der sieben noch zurück gebliebenen Gefangenen wohl nicht weg dürften, auch selber zu tun genug hätten, sie besonders zu bewachen und mit Lebensmitteln zu versehen. Die fünfe im Keller betreffend fand ich ratsam, sie an Stricken zu behalten. Doch brachte ihnen Freitag des Tags zweimal zu essen und zu trinken, indem nämlich die anderen zween, der Steuermann und Passagier, den Proviant auf eine gewisse Stelle herbei, Freitag aber vollends zu ihnen hinein tragen mußte. Vor den zween Geiseln ließ ich mich im Beisein des Kapitäns sehen, der ihnen dann sagte, ich seie die Person, welche der Gouverneur beordert, auf sie acht zu geben; und gehe des Gouverneurs Befehl dahin, nirgendshin ohne meine Erlaubnis einen Fuß zu setzen. Täten sie es aber vor sich, würde man sie ins Kastell führen und in Ketten und Bande schließen. Weil sie mich nun niemals als einen Gouverneur sehen durften, so agierte ich eine andere Person und redete bei aller Gelegenheit bald vom Herrn Gouverneur, bald vom Kastell, bald von der Besatzung. Der Kapitän hatte jetzo keine Schwürigkeit mehr vor sich, als die zween Böte fertig zu machen, in dem einen das Loch zu verstopfen und Volk darauf zu setzen. Zum Schiffer auf dem einen ernannte er seinen Passagier selbviere; er selbst aber und der Steuermann samt fünf Matrosen begaben sich auf das andere, und waren so fleißig und glücklich, daß sie um Mitternacht schon alle zum Schiff gelangten. Sobald sie es anrufen konnten, ließ er Robinson ihnen zurufen und erzählen, wie sie Menschen und Boot zwar hergebracht, aber sie lange suchen müssen; und dauerte das Geschwätze so lange, bis sie ganz am Schiff. Hier sprangen so Kapitän als Steuermann mit ihrem Gewehr hinein, schlugen sofort den Untersteuer- und den Schiffszimmermann mit ihren umgekehrten Musketen zu Boden, wobei ihnen ihre Leute treulich zur Hand gingen, nahmen alle die übrige auf dem Hauptdeck und den halben Decken gefangen und fingen eben an, die Lucken zuzumachen, um die unten Befindliche drunten zu behalten, als die im andern Boot vorn bei der Fockrust enterten, sich der Back oder des Vorkastells, imgleichen der Lucke gerad über der Kombüse bemächtigten und in der letzteren drei Mann gefangen nahmen.

Als dies verrichtet und auf dem Schiff oben alles sicher und gut, heißt der Kapitän den Steuermann selbdritt in die Hütte, worin der neue rebellische Schiffer schlief, einbrechen. Dieser war bei vernommenem Lärmen aufgestanden und hatte sich mit zween Matrosen und einem Jungen mit Schießgewehr versehen. Als der Steuermann nun die Türe mit einem Kühfuß oder Hebeisen einbrach, schoß der neue Kapitän und seine Leute tapfer unter sie, zerschmetterte dem Steuermann mit einer Musketenkugel einen Arm, und wurden noch zweene der andern verwundet, aber keiner getötet. Der Steuermann schrie um Hülfe, drang aber doch, so blessiert er auch war, in die Hütte hinein und schoß den neuen Schiffer mit der Pistole durch den Kopf, daß die Kugel ihm zum Maul hinein und hinterm Ohr wieder heraus fuhr, also daß er nichts mehr redete. Worauf sich die übrigen ergaben und das Schiff, ohne daß es sonst jemand das Leben gekostet, würklich und völlig erobert wurde.

Sobald der Kapitän des Schiffes völlig Meister worden, ließ er sieben Kanonen zum abgeredeten Signal des glücklich vollzogenen Anschlages abfeuern, welches, wie leicht zu erachten, meinen Ohren ein überaus angenehmer Ton war, als der ich die ganze Nacht bis meist um zwei Uhr des Morgens dessentwegen am Strand gelauert hatte. Nach deutlich gehörtem solchem Zeichen legte ich mich nieder und schlief, weil es gewiß ein sehr harter, mühsamer Tag gewesen, recht sanfte, bis mich der Knall eines Stückes aufweckte. Indem ich nun augenblicks auffuhr, hörte ich mich jemand bei dem Namen Gouverneur nennen, erkannte aber alsobald des Kapitäns Stimme. Wie ich nun den Hügel hinauf gestiegen, stund er da, zeigte mit der Hand nach dem Schiff, umarmte mich und sagte: „Mein liebster Freund und Erretter! Dorten ist Sein Schiff. Dann Ihm gehörts ganz zu; und auch wir und alles, was darzu gehöret, alles ist Sein.“ Ich wandte meine Augen nach dem Schiff hin, und es lag nur ein wenig über eine halbe englische Meile vom Ufer ab; dann sie hatten sofort nach dessen Übermeisterung die Anker gelichtet und weils gut Wetter recht vorn gegen die Öffnung der kleinen Bucht wieder vor Anker gebracht; und der Kapitän war beim höchsten Wasser mit seinem kleinen Boot nahe dem Ort, wo ich erstmals mit meinen Flößen angekommen, mithin gleichsam recht vor meiner Türe gelandet.

Anfangs hätte ich vor Verwunder- und Bestürzung fast nieder sinken mögen. Dann ich sah würklich meine Freiheit augenscheinlich in meine Hand gegeben, alles in gutem Stande und ein großes Schiff eben fertig, mich, wohin ich nur selber verlangte, zu bringen. Erstlich konnte ich ihm nicht eine Silbe antworten, sondern gleichwie er mich in die Arme genommen, also hielt ich ihn auch feste, sonsten ich unfehlbar auf die Erde getaumelt wäre. Er merkte meine Bestürzung, zog demnach alsobald sein Glas aus der Ficke und gab mir einen Schluck Kordialwasser, welches er ausdrücklich meinetwegen zu sich gesteckt hatte. Nachdem ich getrunken, setzte ich mich nieder, und ob michs gleich ein wenig zu mir selber gebracht, stunds doch noch eine gute Weile an, bis ich ein Wort heraus bringen konnte. Unterdessen war der gute Mann ebenso hart betroffen von meiner Bestürzung als ich, und er redete mir allerhand liebreiche Worte zu, mein Gemüt wieder zurechte zu bringen. Allein die Größe meiner Freude war so übermäßig, daß alle meine Lebensgeister in Unordnung geraten. Endlich brachs in Tränen aus, und bald darauf fand sich die Sprache wieder ein. Nachdem wir hierauf eine Weile mit einander geredet, vermeldete mir der Kapitän, er habe mir einige Erfrischung mitgebracht, soviel nämlich sein geringes Schiff vermöge und die gottlose Buben, welche so lange den Meister darin gespielet, ihm übrig gelassen hätten. Hierauf rief er überlaut seinen Leuten im Boot, die Sachen für den Herrn Gouverneur herauf zu bringen. Es war eine Verehrung, als ob ich nicht mit ihnen hinweg, sondern noch länger auf dem Eiland wohnen und sie ohne mich wieder abfahren wollten. Erstlich hatte er mir mitgebracht ein Flaschenfutter mit dem köstlichsten Kordialwasser: sechs große Flaschen Kanariensekt, jede Flasche zu zwo Kannen, zwei Pfund herrlichen Tobak, zwölf gute Stücke eingesalzen Rindfleisch und sechs Stücke Schweinefleisch, samt einem Beutel mit Erbsen und ungefähr einem Zentner Zwieback. Ferner eine Lade mit Zucker, eine mit Mehl, eine mit Zitronen, zwo Flaschen Zitronsaft und viele andre Dinge. Überdies aber, was tausendmal nötiger und nützlicher war, brachte er mir ein halb Dutzend reine neue Hemden, ebenso viel feine Halstücher, zwei Paar Handschuhe, ein Paar Schuhe, einen Hut und ein Paar Strümpfe, nebst einem ganzen Kleide von seinen eigenen, so noch gar nicht abgetragen; Summa, er kleidete mich vom Haupt bis auf die Füße.

Nachdem diese Zeremonien vorbei und alle diese schöne Sachen in meine kleine Wohnung hinein getragen waren, fingen wir an zu beratschlagen, was mit den Gefangenen zu tun. Dann es brauchte schon Überlegens, ob wirs auch wohl wagen dürften, sie mit uns zu nehmen, absonderlich ihrer zweene, deren liederliches und halsstarriges Wesen uns bereits bekannt war; maßen sie der Kapitän gar übel beschrieben, daß es solche Bösewichter wären, an denen keine Gelindigkeit nichts fruchte; und wann er sie ja mit weg nähme, müßte es in Ketten und Banden sein, sie der Justiz in der nächsten engelländischen Kolonie als Missetäter zu überliefern, und ich merkte, daß dem Kapitän selber ihretwegen recht bange wäre. Hierauf gab ich ihm zu verstehen, wo ers verlange, getrauete ich mir, die zween Taugenichtse dahin zu bringen, daß sie selber darum anhalten müßten, sie auf dem Eiland lassen zu mögen. „Oh, das sollte mir von Grund meiner Seelen lieb sein," erklärte sich der Kapitän. „Nun, so will ich sie dann holen lassen," fuhr ich fort, „und mit ihnen davon sprechen." Also hieß ich Freitag und die beide Geiseln, welche nicht mehr gebunden waren, weil ihre Kameraden ihr Versprechen erfüllet, hin nach dem Gewölbe oder Keller gehen und die fünf Gebundene zusammen nach dem Landhause bringen und mit ihnen allda meiner erwarten.

Nach einer Weile kam ich dahin in meiner neuen Kleidung und hieß wieder Gouverneur vor wie nach. Als wir nun alle bei einander und der Kapitän gleichfalls sich eingefunden, hieß ich die Leute vorführen und sagte zu ihnen, ich hätte mir ihre liederliche Aufführung gegen den Schiffskapitän und wie sie mit dem Schiff hätten durch und auf fernere Räuberei aus gehen wollen, zur Gnüge erzählen lassen. Allein Gott habe sie auf ihren eigenen Wegen bestricket, und sie seien selbst in die Grube gefallen, die sie andern gegraben gehabt. Hiermit sollten sie wissen, daß das Schiff durch meine Ordre angehalten worden. Es liege jetzo auf der Reede vor Anker, und sie sollten gar balde erfahren, was für einen Lohn ihr neuer Kapitän für sein Schelmenstück bekommen, wann sie ihn am Ende der Rah würden hangen sehen. Was sie anbeträfe, so wollte ich gerne wissen, was sie dargegen einzuwenden hätten, daß ich sie als auf der Tat ergriffene Seeräuber gleichmäßig sollte hinrichten lassen, wie sie mir die Gewalt darzu je nicht absprechen würden. Darauf antwortete einer namens der übrigen, sie hätten nichts einzuwenden als nur, daß der Kapitän ihnen bei der Gefangennehmung das Leben versprochen, und bäten sie mich demütigst um Gnade. Ich versetzte, ich wüßte nicht, was für eine Gnade ich ihnen eben erweisen könnte, maßen ich vor meine Person gesonnen, mit allen meinen Leuten das Eiland zu verlassen, und hätte mit dem

Kapitän wegen unsrer Überfahrt nach Engelland bereits Abrede gepflogen. Der Kapitän hingegen könne sie je nicht mit sich dahin nehmen ohne als Gefangene in Fesseln, um allda wegen ihrer Meuterei vor Gericht zu stehen, worauf, wie sie selber wüßten, unfehlbar der Galgen folgen würde. Könnte ich also selber nicht sagen, was für sie das beste, sie wären dann Sinnes, ihr Heil auf dieser Insul zu versuchen. Verlangten sie dieses, so käme mirs nicht darauf an, ihnen das Leben zu schenken. Sie ließen darüber sehr erkenntlich und sagten, sie wollten lieber hier zu bleiben wagen, als sich nach Engelland führen und aufknüpfen lassen. Also ließ ichs dabei. Jedoch der Kapitän tat, als ob er desfalls einige Schwürigkeit machen wollte, als dürfte er sie nicht einmal hier lassen. Hierüber stellete ich mich gegen ihn ein wenig unwillig an und sagte, es seien meine Gefangene und nicht seine, ich hätte ihnen schon so viel Gnade angeboten, also wollte ich auch mein Wort halten. Wäre er damit nicht zufrieden, so wollte ich sie in ihre vorige Freiheit setzen; gefiel ihms dann nicht, so möchte er sie immerhin wieder gefangen nehmen, wann er sie ertappen könnte. Sie schienen hierüber sehr erfreuet, und ich schenkte ihnen versprochenermaßen die Freiheit, hieß sie in das Gehölze nach der Gegend gehen, woher sie vormals gekommen, und ich wollte ihnen einiges Geschoß, auch Pulver und Blei und vielleicht einige Anweisung, sich hie gar wohl zu ernähren, zurücke lassen. Hierauf machte ich mich fertig, an Bord zu gehen, sagte aber zum Kapitän, weil ich diese Nacht noch hie bleiben und meine Sachen einrichten wollte, möchte er indessen ans Schiff fahren, alles parat halten und mich den andern Tag im Boot abholen, aber ja den erschossenen Afterkapitän diesen Burschen zum Spektakel an die Rah aufhenken lassen.

Nach des Schiffers Abschied ließ ich sie zu mir in meine Wohnung fordern und begonnte ein ernstliches Gespräch mit ihnen über ihren Zustand. Ich sagte, sie hätten meines Erachtens das beste Teil erwählet. Dann wo sie der Kapitän weg führete, müßten sie offenbar den Galgen zieren. Ich zeigte ihnen auch ihren an der Rah hangenden Afterschiffer und sagte, sie hätten sodann nichts Besseres zu gewarten. Nachdem sie sich alle willig erkläret, hier zu bleiben, versprach ich ihnen, meine bisherige Lebensart zu erzählen, auch ihnen anzuweisen, wie sie es gut haben könnten. Zu dem Ende erstattete ich ihnen einen völligen Bericht von dem Eiland und auf was Weise ich darauf gekommen, zeigete ihnen meine Verschanzungen, auch wie ich mein Brot gebacken, mein Korn gesäet und die Trauben zu Zibeben gedörret, mit einem Wort, alles, was zu ihrem Beruf nötig. Ich erzählte ihnen auch die Begebenheit mit denen hier erwarteten sechzehen Spaniern, für die ich ein Schreiben zurücke, auch sie mir, mit jenen gemeinschaftlich zu leben, angeloben ließ. Ich hinterließ ihnen mein Schießgewehr, nämlich fünf Musketen, drei Vogelflinten und drei Säbel. Noch waren anderthalb Fäßlein Pulver übrig, maßen ich nach den zwei oder ersten dreien Jahren dessen wenig mehr gebraucht und alles wohl aufgehoben hatte. Ich erteilte ihnen Nachricht, wie ichs mit meinen Ziegen gehalten, sie gemolken, gemästet, auch Butter und Käse davon gemacht. Kurz, ich verschwieg ihnen nichts von meiner Lebensart, versprach ihnen auch, dem Kapitän zuzureden, daß er ihnen noch zwei Fäßlein Pulver und etwas Gartensamen, den ich bisher selber herzlich gern gehabt hätte, überlasse. Ich verehrte ihnen auch den Sack mit Erbsen, so der Kapitän mir für die Tafel mitgebracht hatte, und hieß sie, dieselben ja gewiß säen und vermehren.

Als dieses alles verrichtet, verließ ich sie den andern Tag und fuhr an Bord des Schiffs. Wir machten uns gleich darauf segelfertig, huben aber doch selbigen Abend den Anker noch nicht. Andern Tags ward beim höchsten Wasser das Boot mit den Sachen, so denen Taugenichtsen auf dem Eiland versprochen worden, hingesandt, und der Kapitän tat auf meine Vorsprache annoch ihre Kisten und Kleider darzu, so sie mit Dank annahmen. Ich machte ihnen auch einen Mut, daß, wann ichs anders einmal einrichten könne, daß ein Fahrzeug hieher komme, um sie abzuholen, ich gewiß daran denken wolle.

Bei meiner Abreise von diesem Eiland nahm ich statt der Reliquien die große bocklederne Kappe, meinen Sonnenschirm und einen meiner Papageien mit.

Solchergestalt verließ ich dies Eiland den neunzehenten Dezember nach Ausweis der Schiffsrechnung im Jahre 1686, nachdem ich darauf gelebet achtundzwanzig Jahre, zween Monate und neunzehen Tage. Und zwar kam ich aus dieser zweiten Sklaverei an eben dem Tag des Monats, als ich in der Schaluppe denen Mohren zu Salee entgangen.

Auf diesem Schiff langte ich nach einer langwierigen Reise den eilften Junii Anno 1687, nachdem ich fünfunddreißig Jahre weg gewesen, in Engelland an.

Vermelde noch, daß ich, nach Verfließung einiger Zeit, bei vorkommender Gelegenheit, auf meine Insul, Besuchs halben, zurückgekehret und mir daselbst von denen Zurückgebliebenen zeigen und erzählen lassen, wie sie sich, unter mehrer Bekämpfung derer Wilden und Streitigkeiten unter ihnen selbsten, nach meinem Vorgang eingerichtet, worauf sie mir abermals das Versprechen abgenommen, sie einstens, wo sich nur irgend Gelegenheit darzu finden möchte, abzuholen, was ich aber, wie ich später einsehen müssen, unvermügend zu tun, mußten demnach auf ihrem Eiland bleiben, um hier ihres Gott gebe ruhigen Todes zu gewarten.

Reprint Publishing

Für Menschen, Die Auf Originale Stehen.

Bei diesem Buch handelt es sich um einen Faksimile-Nachdruck der Originalausgabe. Unter einem Faksimile versteht man die mit einem Original in Größe und Ausführung genau übereinstimmende Nachbildung als fotografische oder gescannte Reproduktion.

Faksimile-Ausgaben eröffnen uns die Möglichkeit, in die Bibliothek der geschichtlichen, kulturellen und wissenschaftlichen Vergangenheit der Menschheit einzutreten und neu zu entdecken.

Die Bücher der Faksimile-Edition können Gebrauchsspuren, Anmerkungen, Marginalien und andere Randbemerkungen aufweisen sowie fehlerhafte Seiten, die im Originalband enthalten sind. Diese Spuren der Vergangenheit verweisen auf die historische Reise, die das Buch zurückgelegt hat.

ISBN 978-3-95940-203-3

Faksimile-Nachdruck der Originalausgabe

www.reprintpublishing.com

www.ingramcontent.com/pod-product-compliance
Lightning Source LLC
Chambersburg PA
CBHW080748250626
47162CB00010B/3063